愛情，
你不存在

Where Is
The
Love ?

我想要相信，愛情的最後，
不會像煙火燃盡，只剩下一片黑暗。

Misa —— 著

楔子

一直到現在我都還清楚記得那一天。
你欲言又止，摸了摸鼻子，那靦腆的神情鮮少在你的面容上出現。
你朝我一笑，笑容如此溫暖，成爲我內心一幅永遠無法被替代的景象。
你對我揮手，說晚點見，我也天眞地認爲，我們很快就會見面。
那抬步遠去卻不斷回頭的身影，從清晰逐漸變得模糊，我的淚水無法停止潰堤。
十四歲，我第一次體會到什麼叫做離別。
第一次體會到，什麼叫做無能爲力。
花圃、雜貨店、公園裡的鞦韆、天橋，是我記憶中永遠不會褪色的畫面，像是永恆的煙火在我心中持續綻放。
失去，彷彿是無法逃脫的命運，在那天你離去的時候，也許就注定終將離別的未來。
所以我們才會用淚水代替一切言語來訴說離別。
從那一刻，我才知道，原來我是愛你的。
吶，現在的你，好嗎？

第一章

我還記得小時候多次嘲笑過媽媽在洗完衣服後，把姊姊的內褲放到我的衣櫃裡，我和姊姊喜歡的風格差這麼多，媽媽怎麼會分不清楚呢？有時還將不成對的襪子捲在一起，上面的圖案明明不同呀。

以前一直以爲，媽媽是年紀大了，記憶力變得不好了。

長大以後才發現，不是年紀的問題，而是大人要煩惱的事情變多了，腦中得同時思考很多事，家人、朋友、同事、工作、天氣、食物、存款、帳單、保險等等。

無憂無慮的孩子總是能三秒入睡，而大人即便累得要命，腦袋也停不下來，時常得在床上翻來覆去好一陣子才能睡著。

所以，當我驚覺自己已無法躺下即睡，還會把內褲與襪子搞錯，甚至將洗面乳當成牙膏擠在牙刷上時，我頓時明白無憂無慮的青春已然悄悄離我遠去。

好險的是，我剛把牙刷放到嘴邊，就及時察覺這個失誤。

對我來說，二十五歲就像是一個分水嶺，大學時期熬夜，隔天還能神采奕奕，現在晚一兩個小時睡就心悸到不行；陽光稍微烈一些，皮膚便開始過敏，染上感冒也彷彿就像快死了。

這些變化不僅出現在生理上，也出現在心理上。

開始對現實看得更加透徹，不相信偶像劇裡的愛情，明白倘若有一天要結婚，彼此都要有能力養房養車養自己才有保障。

愛很重要，但是生活更重要。

曾經對愛情有過的浪漫幻想，如今全都被血淋淋的現實取而代之。

在二十五歲後，什麼都改變了。

更別提我現在已經二十七歲，面對即將來臨的三十大關，我感到一陣前所未有的莫名恐慌。

三十歲也是分水嶺，而這個分水嶺所帶來的變化，又是不一樣的。

「曦文，妳是好了沒？」姊不耐煩的聲音在浴室門外響起，並用力拍打門板。

「喔！」我回了聲，將牙刷上的洗面乳直接抹到臉上。

或許這也是另一個過了二十五歲後的最大改變，好像面對什麼事都有些無所謂，並且對於許多事見怪不怪。

所謂太陽底下無新鮮事，往昔怕得要命的蟲子，如今就算大水螞蟻飛進湯裡，我也能面不改色地將蟲屍挑出來，若無其事繼續喝湯。

這樣的轉變，究竟是好還是不好？

「妳動作這麼慢，不怕趕不上火車？」一打開浴室門，就看見大腹便便的老姊一手撐在腰後面，滿臉不耐煩。

「我改搭晚一點的高鐵，到臺北都還比較快呢。」我又打了個哈欠，像是永遠沒睡飽，「老姊，妳才別這麼愛生氣，當心肚子裡的小寶貝以後脾氣也差。」

「呸呸，小寶貝乖喔，媽咪脾氣最棒了，我們家的寶貝也最乖了。」她一面摸著肚子，一面走進浴室，關上門前還忍不住碎嘴，「妳又不是不知道孕婦最頻尿了，還占用浴室這麼長的時間。」

「是、是。」我聳聳肩，雙手高舉作投降狀，反正現在孕婦最大。

「曦文啊，妳這什麼樣子？」與爸爸結髮已逾三十五年的媽媽，是個賢慧的家庭主婦，每天打扮得端莊得體，至今夫妻兩人依然恩愛得要命，在這樣的年代，他們之間的愛情能如此歷久彌新，還真是相當稀奇。

「在自己家又沒關係。」我抬起雙腳放到餐桌上，嘴裡嚼著土司，一手抓了抓肚皮，另一手握著遙控器切換至新聞台，果然新電視看起來就是特別舒爽。

「媽，妳就別管她了，反正曦文已經不是什麼青春少女了，只有歐巴桑才不會在意形象。」大肚婆老姊什麼都慢，就只有損我的時候跟得上節奏，就算人在浴室也可以馬上回嘴。

「媽媽也是歐巴桑，但我很注重形象。」好啦，老媽子抗議了。

「哎唷，媽，妳不一樣啊，妳看起來比曦文還要年輕。」狗腿老姊就算快當媽媽了還是不改本性，邊穿上褲子邊走出浴室。

嗯，我不覺得老姊那樣就有多注重形象！至少我上完廁所還會穿好褲子再出來好嗎？

「眞乖啊，我們家就姊姊嘴巴最甜了，來，給妳貼補奶粉錢。」結果媽居然還眞的從皮夾拿出兩千塊給她。

「哇！謝謝媽媽。」

「等等！媽，姊都三十幾歲了，妳還給她零用錢啊！」我跳起來抗議，「我上個月差點繳不出卡費，爲什麼不貼補我？」

「妳自己不懂節制，好意思跟媽拿錢。」臭老姊對我吐舌頭。

「那是因爲買了新電視給家裡呀！」我大叫。

「別吵了啦，妳們兩個！」

媽媽一拔高聲音，我和姊姊立刻識相地閉嘴，從小只要媽媽用這種語調講話，就代表我們皮要繃緊一點，即便已然長大成人，童年陰影依舊深植心底。

「從小吵到現在，跟小孩子一樣。」媽媽沒好氣地說。

「是姊先開始的。」我不甘示弱再補了句。

「妳！」姊姊還想接話，我示意她閉嘴，要她看一下媽的臉色。

姊姊瞪大眼睛，做勢要揍我，我連忙指指她的肚子，她趕緊摸摸肚皮，又開始用噁心的腔調拿話哄著肚裡的小寶貝。

姊姊結婚兩年多，一直想要個孩子，前陣子終於懷孕了，由於婆家遠在外島，姊夫又時常加班，便決定暫時搬回家裡安胎，一來媽媽能就近照顧，二來姊姊也比較自由自在。

在我收拾行李時，姊姊走進我的房間，隨手抄起放在床上的當期時尚雜誌，坐在我身後翻看了起來。

「哇，曦文，最近妳負責的頁數好像越來越多了。」姊姊仔細閱讀雜誌，連聲讚賞我搭配的服裝，以及我寫下的文案。

「是啊，厲害吧。」對於自己在工作上的表現，我向來引以爲傲。

「太可怕了，當一個女人事業成功，就是她感情一塌糊塗的時候。」

「妳狗嘴吐不出象牙！」我橫她一眼，將行李箱闔上，並換上一件剪裁合身的白色襯衫。

「二十七歲了，感情還沒有著落，妳打算幾歲結婚？」姊問。

我手上動作一頓，隨即拿起A字裙俐落地套在身上，再綁個包頭，對著鏡子開始化妝，「二十七歲還很年輕，況且我的事業正穩定發展中，前途看好，爲何要找個男人束縛自己？」

永遠的大地色眼影和橘紅色腮紅，再加上眼線及睫毛膏，讓我的臉瞬間從人畜無害的鄰家女孩，蛻變成精明幹練的職場女性。

「那妳性生活方面怎麼辦？」

哐啷——

我手上的蜜粉盒沒拿穩掉到地上，細緻的粉紅色粉末灑了一地。

「啊，妳在幹麼，眞是浪費。」姊心疼那昂貴的專櫃化妝品。

「妳、妳才是！妳這媽媽在說些什麼？」我不敢相信自己的耳朵。

「這也沒什麼吧，都成年人了。」她輕拍了下高高隆起的腹部，「我都要當媽了。」

「姊，胎教。」我提醒。

「啊，錯錯錯，希望我的小寶貝以後都談那種純純的戀愛唷。」姊慌忙改口。是不是？女人到了一個階段，便會脫離少女，無論是想法、行爲，甚至是言談。所以我想，年紀越大的人越喜歡孩子，大概是因爲在孩子身上看見曾經的自己吧。

不理會老姊的獨角戲，我拉起行李箱往外走去。

「要不要送妳去高鐵站？」她喊。

「不用，我已經叫車了。」我轉頭揚聲說：「那姊、媽，我回臺北嘍。」

「記得打個電話跟爸說一下，還有上車和到家要報平安。」媽特地從廚房走出來叮囑，我笑著對她說我又不是小孩子了。

「啊，等等，曦文。」姊從房間快步跑出來，我和媽媽趕緊上前扶住她。

「妳都懷孕幾個月了，別跑啊！」我沒好氣地教訓她。

她嘿嘿笑，手上遞過來一個信封，「差點忘了給妳這個，看上面的郵戳，這封信是輾轉好幾個地方才寄過來家裡的。」

「拜託別用跑的，妳現在隨時都可能會生啊。」我隨手將信封塞進包包。

「離預產期還有三個多月，安啦！」姊不以爲然道。

「時間差不多了，妳快去搭車。」媽發話。

「噢，眞的要來不及了。那拜拜嘍。」我看了眼手錶，提起行李往樓下衝。

計程車已經在樓下久候多時，坐上車直奔高鐵站。

搭上預訂的高鐵列車。我望著窗外的風景，想著這些年來搬過這麼多次家，曾讓我產生輕微的人群恐懼症，誰知道最後我竟會落腳在全臺人口最多的城市，還在時尚雜誌社上班，時常需要和形形色色的人打交道。

搖頭輕笑，人的轉變原來可以這麼大。

想起包包裡的那個信封，正想找出來看，手機卻響了，公司來電，我很不願意接，卻不得不接。

「千萬別跟我說有問題。」我一接起電話就忍不住嘆氣。

「印刷廠印出來的顏色，跟校稿那時有些許落差，怎麼辦？妳覺得客戶會發現嗎？」小佐快要哭出來了。她是編輯部的助理，才剛從大學畢業，做事還算勤快能幹，但缺點就是太容易驚慌。

「別緊張，這種出錯很常有，我現在在高鐵上，等等我打電話給廠商，妳先去印刷廠交涉，我兩個小時候到。」

原本打算在高鐵上休息一下，看來是不可能了。

深吸一口氣，我撥通廠商的電話，向他們說明情況，對方倒也好說話，表示只要屆時上市沒出錯即可。順便一提，我把這家廠商的電話設爲快速撥號鍵之一，也就是熱鍵三。

熱鍵一是家裡電話、二是老姊手機，三到七都是工作配合廠商或窗口，八則是公司廣告部與我最相熟的業務，至於九……是一組撥打過去也不會有人接起的電話號碼。

但有時候，我還是會按下熱鍵九，妄想也許這一次會有不一樣的結果。

「您撥的號碼是空號，請查明後再撥，謝謝。」

事實證明，空號永遠都是空號。

嘖了一聲，我瞄了下手機，大約還可以休息半個多小時，於是閉上眼睛假寐。在半夢半醒之間，我彷彿行走在一片朦朧之中，腳步走得很不踏實，隱約可見一個模糊的人影站在前方。

「曦文，我聞得到雨的味道。」

我心中一震，猛然睜開眼睛，胸口劇烈起伏，快速左右張望，眼前所見依然是再熟悉不過的高鐵車廂，我剛剛是睡迷糊了嗎？

再次瞄了下手機，時間才過了五分鐘，我掏出面紙擦去額頭的冷汗，嗅到空氣中有一絲潮溼的味道。

往窗外望去，天空一片陰沉，就快要下雨了。

明明置身在高鐵車廂，怎麼可能聞得到外面那股潮溼的氣味呢？

頓時睡意全無，只盯著窗外發愣，直到高鐵轉入地下，再也看不見外頭的景色。

臺北，是個忙碌繁華的城市。

這裡人多擁擠，時常下雨，夏天悶熱，冬天寒冷，物價翻了一倍，來往人群冷漠如霜，可是，我卻還是喜歡臺北。

大概是因為，這裡是個全新的、陌生的地方吧。

我想起方才夢裡他對我說的那句話。他明明該是片燦爛的光，不論是名字還是人，都像光，卻喜歡雨。

他習慣在校服白襯衫裡穿著一件黑色T恤，黑色褲管捲至膝蓋下方，腳上踩著一雙帶黑邊線條的白色網布老爹鞋。

他會帶著不可一世的表情，一手插在口袋裡，另一手握著水管站在花圃邊澆水，在我經過時抬頭衝著我笑，並對我說：「曦文，我聞得到雨的味道。」

轟隆——

步出高鐵站時，雲層間倏地響起雷聲，只見一道閃電落下，那刺眼的光就打在不遠處。一下子，天空便下起午後的傾盆雷陣雨，不知不覺，又到了他最愛的雨季。

「有沒有搞錯，那天不是已經跟印刷廠對過了嗎？為什麼顏色還是偏差這麼多？」兩天後，當樣張送到公司時，我差點沒吐血。

「我、我、我不知道，剛剛印刷廠解釋、解釋說色閘沒水了，所以顏色……」

「色閘沒水？這種藉口他們也講得出來？幹印刷幾年了？」眼看出刊日期就快到了，在這個節骨眼上給我搞這一齣，簡直是氣急攻心，我立刻吼道：「撥給印刷廠。」

「好、好！」小佐嚇得馬上撥出電話，一接通就第一時間轉接給我。

我拿起話筒，也不管對方是誰，直接破口大罵，印刷廠的總機小姐被我凶得哽咽了聲音，趕緊請主管接聽。儘管明白總機小姐是無辜的，但在這種緊急情況下，我可沒閒功夫顧及每個人的感受。

最終，印刷廠承諾今晚加班重印，這筆損失由他們自行吸收。解決完色差問題，我撥了廣告部的分機，強烈「建議」更換合作印刷廠。

「他們出錯頻率實在太高，連色鬧沒水這種低級錯誤也能犯，我不管這間印刷廠是老闆娘哪個朋友的朋友開的，總之給我換一間。」我坐在位子上，用全辦公室都聽得見的音量大吼，不忘拍桌表達自己的憤怒。

「曦文姊，我們確實接過幾次投訴，但對方都是主管層級，妳只是編輯……」接電話的是廣告部新來的業務助理。

聽她講完這幾句話，我便能猜到此刻廣告部上上下下大概都露出了看好戲的笑容，既然他們想要我調教新來的菜鳥，那我就不客氣了。

「第一，我才二十七歲，稱姊還不到；第二，雖然我不是編輯部的主管，但我們家老大出公差，我是他的職務代理；第三，妳拿什麼資歷來跟我說話？」剛進公司不久的新人，一定沒想過會碰上如此機車的同事，雖然看不見對方的表情，但我完全能想像她會有多傻眼，其他業務們肯定也正忍著不笑出聲。

「對、對不起，我不是那個……嗚……」

好啦，又一個新人被我罵哭了。

「免了！不必道歉。」對方的反應早在預料之中，我立即出聲制止，有時間道歉還不如吸吸鼻涕，叫可以負責的人出來，所以我直接扯開喉嚨，對著廣告部那頭大喊：「廣告部的，熱鬧看夠了吧？王大業務呢？」

「曦文，妳眞的太可怕了，才二十七歲就這麼剽悍。」男人從辦公桌旁的隔板探出頭，嘴角噙著笑意，走到業助旁安慰了幾句，幫忙掛斷我的電話。

我也把話筒放回原位，雙手環胸，看著這位氣宇軒昂的帥氣男人不疾不徐地走過來，他臉上始終掛著好看的微笑，頭髮向上抓起，露出飽滿的額頭，一看就很有福相。

「你們家經理不在？」我沒好氣地瞥了眼廣告部經理空著的座位，不忘對剛剛在一旁憋笑的業務們掃去凌厲的眼神。

「跟妳家老大一樣，去上海了，妳也知道目前公司正打算前進中國市場。」他聳聳肩，用眼神示意我到交誼廳去談。

「我可是在生氣啊。」我跟在他身後，他一派輕鬆的模樣令我餘怒難消。

這位走路有風的王大業務，所經之處女職員們無不對他流露欽慕的眼光，而他也習以爲常，一一回以禮貌的微笑。與我對上眼時，那群女職員瞬間換上恭敬的態度，朝我點頭招呼，誰知道人後她們又會如何非議我。

我們來到職員休息用的交誼廳，這裡擺放了兩台咖啡機和幾張桌椅，同時備有小餅乾，供需要加班的同事果腹。

「拿鐵？」他的手指停在咖啡機的拿鐵鍵上。

我頷首，走到窗邊的位子坐下，側頭凝視著馬路上的車水馬龍。

「想什麼？」拿鐵的香氣飄了過來，他在我的對面落坐，把裝著熱拿鐵的咖啡杯推到我面前。

「在想什麼時候可以換一間不會出錯的印刷廠。」我白了他一眼，換來他洪亮的笑聲。

「我們正積極和老闆娘交涉中。」他微笑道。

我受不了地再次翻了個白眼，「跟老闆娘交涉？我的天啊，難道非要等這間印刷廠開天窗才行嗎？」

「曦文，別這麼暴躁，先喝口咖啡放鬆一下吧。」他悠哉地啜飲著拿鐵，眼神飄向外頭的天空。

「要下雨了。」我說。

「氣象報導說今天是晴天。」

「不，快要下雨了，我聞得到雨的味道。」我也喝了口拿鐵，嘴角沾上奶泡。

「曦文，妳其實滿怪的。」見我皺起眉頭，他接著說：「長得一臉無害，偏偏做事和說話都很衝；明明是服裝編輯，卻老是代理總編的職責管東管西；還有，私底下根本就是一個會看動畫片看到哭的人，卻硬把自己武裝成刺蝟。」

我笑了笑，放下手中的咖啡杯，「王皓群，你解析我是沒有用的，我不吃你那套泡妞的手段。」

「我會泡妳嗎？」他露出裝傻的表情，「應該說妳會讓我泡嗎？」

這位堪稱人體發電機的王皓群，是公司廣告部的閃亮之星，除了擁有頂尖大學學歷，業務手段更是高明，業績年年攀高，讓其他業務望塵莫及。

他和我同期進入公司，也是被我設定為熱鍵八的對象。

我們變得熟稔的原因說來挺妙，去年尾牙我難得喝了好幾杯，也罕見地醉了，或許是前一天才剛截稿，身體還處於極度疲憊的狀態，我衝到廁所裡一吐就是一小時。

就算腦子一片茫，我還是懂得要顧及形象，所以傳簡訊告訴小佐，說我沒事，要她自己先回去。沒想到當我狼狽不堪地走出會場時，卻和坐在門外長椅上等酒醒的王皓群撞個正著。

他見我那副慘狀，竟毫無同情心地放聲大笑，我羞憤之下正打算破口大罵，誰知才一張口，嘔吐物卻比話聲搶先一步湧了出來。最後，他把我送回家，照顧了我一整晚，從此開啟了我們之間的友誼。

我這個愛情絕緣體對他這個人體發電機沒有「性」趣，而他也對一個在他面前吐得面目全非的女人產生不了邪念，於是我們就在對彼此沒有非分之想的基礎上成為了朋友。

這樣的友誼對我來說很輕鬆，對他來說更是愉快。

忽然，轟的一聲，外頭一道閃光劃過面前的玻璃窗，眼前一亮，彷彿有人對我們按下快門，而後雷聲陣陣，濃密的雲層忽而籠罩在上方，天色暗了下來，豆大的雨滴接連墜落。

「真的下雨了？」他不可置信地看著我。

「就說我聞得到雨的味道。」我挑眉。

突如其來的大雨，使得街道上的行人奔跑起來，我們盯著這有趣的畫面好一陣子，直到拿鐵都差不多涼了，王皓群才開口。

「妳知道Abe這牌子嗎？」

「知道，新興的品牌，服裝設計得不賴，很符合現代年輕人的流行時尚，價格不算高，平均一件衣服八百，logo是一朵金盞花。」

「不愧是服裝編輯，理解得十分清楚。那編輯部應該會和Abe接洽或談合作什麼的吧？」

「當然，早就搭上線了，還在等對方負責人同意。不過這種事應該和廣告部沒關係吧？還是你們想要做廣編稿或是其他廣告交換？」我皺眉。

「嘿，我知道跟Abe洽談不容易，妳一定也是費了一番功夫才能搭上線，所以不會坐享其成啦，只是，如果可以談到Abe的平面廣告由我們家獨家刊登，那商機會很可觀喔。」

「哇，看看你的笑容，多貪財啊。」面對王皓群的誠實，我無可奈何地笑了笑。

「不過要拿到Abe的平面廣告獨家刊登，必須先說服他們的攝影師才行，聽說他比Abe的負責人還難搞。」王皓群嘆了口氣，身子往椅背一靠。

「攝影師？」

「妳不知道嗎？」他睜大眼睛，迅速坐直了身體，「居然有禹大編輯不知道的事，這可新鮮了。」

「夠了喔，快說！」我瞪他一眼。

「妳看過他們家的型錄嗎？」他停頓了下，「全都是出自於同一個攝影師的手筆。」

「是嗎？」這我倒眞的沒有發現，身爲服裝編輯，我的注意力幾乎全放在衣服的設計上。但這也的確是我的疏失，只知道Abe型錄上的照片都很漂亮出色，卻從未留心過負責操刀的攝影師是誰。

王皓群搖搖頭，「也難怪了，妳從搭上線到現在多久了？Abe遲遲還未給妳回覆的原因，妳猜到了嗎？」

我低下頭思索了幾秒，「你的意思是Abe只接受那個攝影師拍攝他們旗下的商品？」

王皓群滿意地點點頭，我恍然大悟：「怪不得！所以Abe才會晾了我這麼久，之前也沒見他們在其他家雜誌刊登平面廣告！」

然而，即便沒有平面廣告的宣傳，Abe的衣服依然大賣。

「那個攝影師叫什麼名字？」我好奇地問。

王皓群從皮夾抽出一張灰色名片，上面只簡單印上了「Ciel」的字樣，以及一組電話號碼。

「Ciel？」我試著用英文拼音的方式念出來。

「不，那是法文，Ciel，天空的意思。」王皓群糾正我。

「Ciel？發音好像『謝了』喔。」我接過名片，「那我先聯絡攝影師，再回頭跟Abe談。」

「祝妳好運。」王皓群懶洋洋地說。

「Ciel。」我故意用諧音回應。

回到辦公室我才想到，換印刷廠的事居然就這樣被王皓群打哈哈帶過，不過我相信他的手腕，既然他已經在著手處理，就一定能得到我想要的結果，只是時間早晚的問題。

我打開瀏覽器鍵入「攝影師Ciel」，搜尋到的除了工作上拍攝的模特兒照片外，還有其他以天空、花草、街景、建築物作爲拍攝主題的照片。

他的作品似乎藏著一股壓抑，雖然景物色彩鮮豔，視野卻不夠遼闊，像是從某個被擠壓的密閉空間看出去。但他在Abe型錄裡呈現的卻不是這種風格，他總是能將服裝的優點在照片裡完全體現出來，不管模特兒臉蛋多漂亮、身材多姣好，觀看者的眼睛就是會不自覺移動到衣服上，而這正是服裝型錄的重點。

我稍微明白Abe爲什麼會指定Ciel來拍攝了。想明白這點後，我立刻收拾東西，準備親自前往Abe的銷售店面拜訪。

「曦文，妳要外出嗎？」小佐一臉驚恐，她千不怕萬不怕，就怕我不在。

「手機二十四小時開機，網路也吃到飽，妳一定找得到我。」我不忘補上一句，「但我希望妳能學著自己處理事情，否則要助理做什麼？」

「是！對不起！」

第二章

我踩著高跟鞋，抬手攔下一輛計程車坐上去，前往Abe唯一一間，坐落於臺北精華地段信義區的店面。

進店以前，我先在腦中複習一遍Abe的基本資料。

Abe是由幾個不到三十歲的年輕人創立的新興服裝品牌，只藉由網路曝光及口耳相傳便打響了知名度，其中主要負責品牌形象經營的是一位年僅二十六歲的女設計師，她操刀的每一款服飾都是長銷商品。

我盤算著先得到這位女設計師口頭上的應允，再去找『謝了』攝影師，要是真能如王皓群所說，由我們公司拿下Abe平面廣告的獨家刊登權，那的確會爲公司帶來不少商業上有形與無形的利益。

一想到這，我便精神抖擻地邁開步伐。

「歡迎光臨。」一開門，店內的銷售人員立刻親切上前問好。

我向她微笑致意，同時出示名片，「您好，我是稍早撥過電話表示會過來拜訪的《MIZS》雜誌編輯，敝姓禹。」

「您好，這邊請。」銷售小姐帶我前往裡頭的會客室，我快速打量店面，裝潢的主色調明亮但不炫麗，也沒有過於奢華的裝飾，銷售客群雖然以二十幾歲爲大宗，不過就服飾設計來看，熟女穿不會太稚氣，少女穿也不會太成熟，確實是相當有潛力的品牌。
對於取得平面廣告獨家刊登，我是越來越勢在必得了，雖然這本該是廣告部的工作，但此事若能談成，對我們雜誌來說，不管是實際上的廣告收入，或是業界指標意義，都是一樁利多的好事。
「請您這邊稍等。」銷售小姐關上門離去，我傳了LINE給王皓群，告訴他我現在在Abe，他說自己正好在附近跑業務，如果時間允許會過來。
我還沒來得及回覆他少過來搶功勞，會客室的門已經開啓。
「禹小姐，您好。」一個外表中性、穿著雅痞的女人朝我微笑。
「您好，是周小姐嗎？」眼前的周子瑜，便是Abe的首席設計師兼品牌形象負責人，我曾多次在雜誌上讀過她的專訪，在新一代設計師裡相當亮眼。
「您好。」她與我交換名片，並請我在一旁的紅色小沙發上坐下，沒一會兒，銷售小姐端著茶點進來，清雅的花香飄散在空氣中。
「這是花草茶？」我輕啜一口，抬頭對上周子瑜的視線。
「是的。」她笑容溫和，眼神卻透露出距離感，「禹小姐，聽聞您有意向我們商借服飾，這邊容我先拒絕，我們Abe對這方面有自己的堅持，希望在平面媒體露出時，包括服飾搭配與model都是經我方事先挑選過的。」
「我理解，但相信周小姐也明白，《MIZS》並不是一般時尚雜誌。」對於自己任職的公司，我有絕對的自信。

「當然，否則就不會答應與您見面了。」周子瑜滿意地點點頭，「我明白您今天過來一定另有其他原因，而Abe發展至今，我們也清楚網路行銷能發揮的影響力有限，所以目前也在積極尋找適合的平面媒體配合。」

「那《MIZS》絕對是最適合的選擇，根據去年……」

周子瑜抬起一隻手，示意我停下話，「我們明白《MIZS》可能是最適合的，《MIZS》一直是最爲暢銷的時尚雜誌，近年來也往海外推行得相當不錯。如果各方面條件都能配合，我們一定優先選擇《MIZS》。」語畢，她優雅地喝了一口花草茶。

我聽得出她話裡意有所指，於是直言：「我明白，貴品牌有指定合作的攝影師。」

對於我能這麼快指出重點，周子瑜臉上閃過一絲驚訝。

「沒錯，說穿了，只要搞定Ciel，就等於搞定了我們Abe。」

「有您這句話，我就能放心了。」

她挑眉，「看樣子禹小姐很確定可以搞定Ciel？」

「這點自信我還是有的。」我露出專業的微笑，感覺自己也能調轉去廣告部了。

只見她意味深長地望著我，儘管未再提出質疑，卻開出了新的條件，「另外，我們Abe比較龜毛些，也有指定合作的模特兒。」

我想起Abe歷來型錄上的模特兒，雖然不只一位，但其中有個女孩總是固定出現。

「這您放心，我做過功課。」我一口應下。

「那好，對於跟《MIZS》的合作，我們只有兩個要求，攝影師是Ciel，以及主要模特兒要用我們所指定的那位，其餘都交給妳決定。」

聽完周子瑜這番話，我暗暗鬆了口氣，感覺先取得了她的允諾，便代表這筆生意已經成功了一半。

「容我提問，若Abe只讓Ciel拍攝，那爲什麼不自行與Ciel商議平面廣告合作事宜呢？」我向周子瑜拋去疑惑。

「Ciel是個難以捉摸的人，也不是Abe每一套服裝他都願意拍攝，只要他覺得任何一個東西不對，便會撒手不管。」周子瑜面露爲難，「所以Abe的型錄不像其他品牌那麼厚厚一疊，官網所展示的衣服也只占其中一部分，顧客還是需要前往實體店面才能見到最完整的商品。」

「原來如此，那請您放心，我一定會說服Ciel答應合作的。」

對於我的保證，周子瑜只是禮貌性地點點頭，給了我一個星期的時間去聯絡與說服Ciel。

我剛離開Abe不久，王皓群就撥了電話說要過來。

「我已經談完了，改約別的地方吧。」我隨意報了間附近的咖啡廳，並走進去坐下，先點了一杯拿鐵，再拿出手機，撥打Ciel名片上的電話。

「Ciel工作室您好。」電話很快便接通。

「您好，我是《MIZS》編輯部禹曦文，請問如果想邀請Ciel老師協助拍攝Abe的雜誌平面廣告，要找哪位接洽呢？」

對方似乎很習慣應對這樣的電話，雖不失禮，但也不熱絡，幾乎可以說是漫不經心地回：「不好意思，Ciel老師不是這樣接工作的。」

不過這回答也在我預料之內，我追問：「那請問我該用什麼樣的方式？」

「基本上老師會主動聯絡自己有興趣的工作。」

「那是否可以提供傳真或是電子信箱，方便我寄些資料過去給老師參考？」

對方隨即快速念出一串電子信箱地址及傳真號碼，當我想再次確認時，那位小姐竟然不通情理地表示，很多時候機會只有一次，要是沒抄到或是寫錯了，就表示雙方沒有合作的緣分。

「一次擦身而過就可能永遠見不到面。」她甚至這樣比喻。

我差一點就要回她：妳現在是在說禪？

「又搞定一筆訂單！我想我又快加薪了，眞受不了這麼優秀的自己。」王皓群從咖啡廳門口進來時，我正好掛斷電話，他扭扭脖子坐到我面前，「唷，幹麼一臉像是剛吃過炸藥的樣子？」

「我剛打電話去『謝了』的工作室，助理的態度有夠囂張。」我將通話內容簡單複述一遍。

王皓群哈哈大笑，「畢竟是案子接不完的知名攝影師，他的助理一整天可能得接好幾十通這樣的電話。」

「我們家可是《MIZS》，平時多的是搶著來跟我們合作的廠商。」我不服氣道。

「但現在是我們要去求人家合作。」

我嘖了聲，「說到底，這該是你們廣告部的工作吧？」

「現在又要分誰的工作了喔？我要是沒經過妳的允許就擅自插手，肯定又要被說是在搶功勞。況且都同一間公司，哪有分妳的我的呀。不過，嚴格說起來，這事是你們編輯部先挑起的喔。」王皓群這舌燦蓮花的超級業務，說起話來格外具說服力，「是編輯部先要商借Abe的衣服，而Abe特別龜毛，只肯給Ciel拍攝，那如果Ciel答應合作的話，就可以順便提出拍攝Abe平面廣告的邀請，要是這件事能談成，編輯部和廣告部都能得到好處。」

「業務嘴。」儘管我翻了白眼，心裡倒也同意他的說法。「照理說，既然Abe堅持指定攝影師，雙方也有過長期配合，那讓Abe自己去談不是更快嗎？誰知連Abe的人也無法搞定Ciel。」

「那妳就知道Ciel有多難搞了。」王皓群聳聳肩，「我打聽過，Ciel只接自己有興趣的工作，要是他不感興趣，不管對方出多少錢或是背景多雄厚，他也不爲所動。」

「那也是他現在紅，等到熱潮過了，看他還敢不敢挑工作。」我嗤之以鼻。

「哇靠，這句話好毒！」王皓群扮了個鬼臉，「但從他的技術與拍攝風格來看，近十年內只會越來越紅。」

好吧，這點確實不可否認。

「總之，回公司先傳眞資料過去。」我起身收拾東西。

「然後去廟裡祈求神明讓Ciel有興趣？」王皓群打趣。

我一愣，而後淡淡地答道：「不，我不信神佛。」

「難得遇見不迷信的女生。」他表情驚訝，卻也沒再多問。

我們搭上計程車返回公司，一路上討論著該怎麼攻陷Ciel，最後卻變成在搞笑閒聊。

「不如送一個禮盒過去，裡面藏著大把鈔票？」

「唉唷，你該不會都是這樣拿到廣告訂單的吧？我應該叫財務部的小玉好好查查你們廣告部的公費去向。」

「那不然裡面藏色情書刊？」

「你是國中生嗎？那種東西他一定都眞人體驗過了，幹麼還要紙上談兵？」

「這妳就不懂了，男人的浪漫有時候還是要藉由平面的……」

「停！我不想聽！」我趕緊制止雙眼發光的王皓群說下去，「你乾脆叫我去色誘Ciel算了。」

原本我只是想開個玩笑，沒想到王皓群卻斂去了先前的興高彩烈，轉爲面無表情。

「幹麼？你這什麼臉？」

「沒有啊，只是覺得，妳都這年紀了，還是別講這種只有二十出頭的女孩可以講的話了吧。」他聲線平板地吐槽。

「你眞的很令人火大！我絕對要財務部好好調查你的公費去向！」

「別！別啊！大人！」他突然爆出一聲哀號，讓司機大哥都忍不住笑出聲。

一回到公司，我說到做到，立刻去往財務部，要他們仔細查看王皓群的公費支出紀錄，爲此他罵我記恨女，罵了一整個下午。

下班前，我笑著遞了一杯拿鐵給他，向他表達我的歉意。

「算妳識相。」他哼了聲，接過拿鐵喝了口，然後我的外號馬上變成了卑鄙女。

因爲我在杯裡加了半條芥末。

我拖著疲憊的身軀回到租屋處，在樓下買了鹹酥雞和兩杯手搖飲後，忍著痠疼的雙腿爬上沒電梯的老舊公寓五樓，這裡便是我在臺北的家。

狹小的空間裡，兩房一衛浴和一個小客廳，廚房只有一個小流理台及簡易瓦斯爐，設備雖然簡陋，但租金也要上萬元。

「我回來了。」

「天啊！鹹酥雞！」我的室友像餓死鬼一樣，一聞到香味便從客廳撲過來，在我身上磨蹭著，「好餓好餓，曦文，妳眞是太懂我了！」

「少來，這可是我的晚餐。」即使嘴巴上這麼說，然而我買的份量的確是兩人份。

「就知道妳對我最好了。」關詩璇突然親了下我的臉頰，我趕緊推開她的頭，仔細打量起她來。

她散亂的劉海隨意用劉海貼黏在頭頂，盤起的長髮夾著粉紅色的鯊魚夾，黑框眼鏡底下是花掉的妝容，身上則穿著一套褪色又起毛球的卡通圖案居家服。

「妳班上那些學生一定想不到，平日端莊的關老師私下是這副模樣。」我嘲諷道。

「拜託，回到家裡就該放鬆啊！」關詩璇拿過我手上的宵夜，屈膝坐到桌邊，「我超喜歡樓下那攤鹹酥雞。」

我將包包隨意一扔，脫掉絲襪和長裙，解開襯衫的兩顆鈕扣，蹲在地板上擒起一串雞屁股咬下。

「妳還敢說我，自己還不是一樣，誰能想到平時一絲不苟的大編輯在家只穿一件內褲啊。」她歪頭看了看，「而且內褲還是舊的。」

「妳少囉嗦，明明還有襯衫，反正穿什麼內衣褲只有我們倆看得見。」

「話可不能這樣講，穿上好的內衣褲有助保持身心愉悅，讓自己變成好女人啊。雖然我邋遢得很，但對待內衣我可不馬虎。」她一邊啃著雞脖子，一邊掀起上衣，露出超高級的絲質內衣。

「穿好內衣又怎麼樣？又沒人看。」我故意往她的痛處踩。

她果然瞬間變臉，哭喪著臉瞪我，「曦文最壞了！最壞了！可惡！我是老師，我不能跟以前一樣愛玩啊，要是被家長看到怎麼辦？況且我也不想去汽車旅館的時候遇到自己的學生！嗚嗚。」

她一面裝哭一面吃掉好幾塊魷魚。

關詩璇是我大學最好的朋友，我們同是到臺北念書的南部人，畢業後各自在臺北找到不錯的工作，於是就在這裡落腳，合租一層小公寓。

她是高中國文老師，而我則是雜誌社的服裝編輯。

臺北對大學時的我們來說，是個五光十色又處處充滿誘惑的地方，我們都曾瘋狂享受過青春，不顧後果地盡情玩樂。有一次我喝得酩酊大醉，隔天醒來，床邊躺著的是還稱不上熟悉的男性朋友。

我因此和對方交往了一陣子，但以肉體關係展開的愛情，怎樣也無法發展成我理想中的戀愛，後來也陸陸續續與好幾個男生交往，最後總以分手收場，理由不外乎是膩了、累了、倦了、淡了。

其實追根究柢，我從沒眞正愛過他們。

關詩璇告訴我，我最愛的人或許是自己，因爲只要發現對方有哪裡不符合我的期待，我便會選擇抽身離開，她說我冷血，卻也說懂得愛自己的女人她很欣賞。

不曉得那些伴我度過青蔥歲月的前男友們，聽到這番評論會怎麼想？

我曾輕易地說出「我愛你」，即便並非出於眞心又如何？對方想聽，我就說。就某方面來說，這樣也算是有了個得以上床的正當理由。

所以，對於姊姊那句「性生活怎麼辦」的疑問，我不禁失笑，那有什麼難的？只是解決方式不方便向家人透露罷了。

想到這裡，我不免感嘆，當年猶是青春少女的我，有想過今日會成爲這樣的大人嗎？

「對了，這個。」關詩璇腳往旁邊一伸，居然勾過來一個異常眼熟的包包。

「等等，這個包是不是我之前請同事從巴黎帶回來的？」我瞇起眼睛，這可是我之前背回家差點被老姊搶走的限量名牌包！

「對啊，別那麼小氣，我只是借背一下，今天好多同事都誇獎這個包好看。」她邊說還邊用腳繼續勾著這價格達五位數的包，我憤而用力踢向她的屁股。

「要借都不會先說一聲啊！給我跪著用雙手拿！」

她被踢得往前撲在地上，她揉揉屁股，裝出可憐兮兮的表情，「別這樣，我們是好朋友耶，妳的東西就是我的東西，我的東西也是妳的東西啊！」

「是喔？那妳的男人是不是也可以是我的男人呢？」

她故作驚恐，「雖然我年輕曾荒唐過，但我不接受3P喔！」

我忍不住又踢她一腳，她才哀號著伸手要從包裡取出一封信，我眼尖注意到她因爲吃鹹酥雞而沾滿油膩的手指，連忙制止。

「我自己拿啦！」我第三次踢了她的屁股。

「借個包包被踢三下，但我願意，畢竟很値得啊……」她搖頭晃腦道。

我內心暗自吐槽，沒想到關詩璇居然是個M。

用溼紙巾擦過手，我才抽出包包裡的信封。

關詩璇解釋：「我今天把包包背出門，發現裡面有封寄給妳的信，妳忘記拆了喔？」

「對耶，上次回家我姊拿給我的。」還眞的是忘了有這封信。

「信封上面好多郵戳，好像轉寄過很多次，怎麼回事啊？」她湊過來看。

「我小時候搬過很多次家，以前網路還不發達，也不是人人都有手機，所以我和大多數的朋友都失聯了。」

「這封信最終能寄達也滿厲害的。」關詩璇見我似乎不急於拆信，便搶過去一把扯開，「我可以看吧？不過這封信好像本來就被打開過了。」

我還沒答應，她已經讀起裡頭的卡片。

信封袋上塗塗改改過好幾個地址，還用奇異筆寫著「務必轉寄」的字樣，這封信似乎每寄到一個新的地址就被拆開來看過，封口早已因反覆黏貼而破損得頗爲嚴重。

經歷過那麼多人的手中，這封信還能輾轉寄到我這裡來，還眞的是相當不簡單呢。

我不由得在心中默默計算起自己到底搬了幾次家。

國二以前，我家一直定居臺中。某天因爲爸爸工作升遷，而被告知要舉家搬往桃園，我哭求著不願離開，想當然父母沒有答應，我只好轉學。

結果不到一年，爸爸又調職到高雄，那時我正要國中畢業，既沒參加畢業典禮，也沒去當時考上的高中報到，最後是爸爸運用關係，讓我進入高雄一所私立高中就讀。

再隔年，爸爸又被調到花蓮，一年後則來到新竹，我們一家人頻繁遷徙，直到我上了大學，自己在臺北租屋，才終於不需要跟著全家搬來搬去。大學期間，家裡先後在南投、彰化住過，最後終於在遷往臺南後，終止了一長串的搬家歷程。

姊姊也在臺南認識了姊夫，於是我們一家四口，有三人留在臺南，只有我一人獨自待在臺北打拚。

雖然每搬一次家，媽媽都會將聯絡方式留給隔壁鄰居，但這還是第一次有信件輾轉這麼多地方來到我手上。

「嘿，曦文，是妳國中同學會的邀請卡耶。」

手中的白色邀請卡不知道被我翻看了多少遍，上頭清楚寫著：光陽國中第三十七屆畢業同學會，本年度爲第六次聚會。

自十四歲到現在，將近十三年，我從沒見過他們。

同學會的召集人是張又仁，他以前是我們班的萬年班長，至少國一到國二都是由他擔任班長，是個標準的乖學生。

我的筆尖在參加與不參加的選項間躊躇著，我期待能與他們敘舊，卻又對久違的相聚感到排斥，內心的矛盾讓我遲遲做不了決定。

大概是這些年我改變得太多，所以面對過去時才會感到猶疑吧？

「禹大編輯，妳在做什麼？」

一雙手忽然搭在我的肩上，我嚇得尖叫出聲，幸好此刻交誼廳內沒有其他同事，我氣得用鞋跟踩向王皓群的皮鞋。

「這鞋很貴的啊！」他難得露出驚慌的神態，機敏地閃過我的攻擊。

「你不是跑業務去了？」我瞪他。

他眉開眼笑地坐到我對面，拿起我的拿鐵直接喝了口，「這個月的業績已經達標，並且遙遙領先，所以可以暫時休息一下。」

「你這發電機不會對每個女人都這樣吧？」我皺眉。

「妳介意？」

「我是不介意，但不代表別的女人也不會。」

「放心啦，我很有眼力的。」

我無言片刻，搶回他手上的拿鐵。

王皓群的目光被放在桌上的邀請卡吸引住了，「那是什麼？」

「國中同學會邀請卡，我還在猶豫要不要參加。」

「和同學見面有什麼好猶豫的？」王皓群先是不解，下一秒就露出促狹的笑容，「有不想見到的前男友？」

「哪來那麼多前男友？你以爲我跟你一樣女友換不停嗎？」我翻了個白眼，他則是聳肩，沒承認也沒否認，我當他是默認。

「我幫妳勾參加。」他作勢要搶走邀請卡。

「喂！等等！」我趕緊把邀請卡藏在身後，「不是前男友啦！」

「那……不會是那種友達以上、戀人未滿的曖昧對象吧？哈哈哈。」王皓群誇張地大笑。

此時我的正常反應該要是賞他一拳，可當下，我卻下意識屏住了呼吸。

「眞的假的啊？妳也有這麼純情的時候？」他看我的反應，大概覺得自己說中了，於是又調侃了兩句。

本想開口要他閉嘴，卻冷不防瞥見放在交誼廳吧台上的花瓶，忍不住定睛看過去。

這一看，我心頭跟著一緊。

「那花是小玉放的，怎麼？妳今天才發現那裡有花？」

王皓群的話聲彷彿從遠處傳來，我久久無法做出反應。

「那是愛情花。」良久，我才緩緩吁出一口長氣。

「這種紫色的花挺美的。」王皓群的焦點很快從愛情花上移開，接著說起Ciel在業界有多難搞，並提及他近日在國外參展，快要回國了。

然而，對於Ciel的事，我此刻一點也不在意。

我的理智清楚地知道，愛情花的香味並不濃郁，但我的每一吋毛孔，都彷彿因爲嗅到了香氣而顫抖，它們都貪婪地渴望著更多、更多……

直到回到家，我仍無法決定是否出席同學會。

關詩璇難得比我晚回來，晚餐也就交由她負責採買。租屋附近有個小型夜市，她買回了藥燉排骨、臭豆腐和雪花冰，我們兩個頂著可能會拉肚子的覺悟吃得乾乾淨淨，最後各自滿足地躺在沙發一側。

「眞是的，當人小三者必殺之。」關詩璇看著電視上最近很紅的連續劇，邊剔牙邊忿忿不平。

「哈哈哈，說不定小三才是真愛啊。」我大笑幾聲，我上週才和因這部劇而爆紅的演員接洽過，打算邀他拍攝下期《MIZS》的封面。

「但既然都已經結婚了，不管是不是眞愛，小三都該死！」她激動得好像被劈腿過。

見她如此氣憤，我忍不住開玩笑：「那是不是哪天我成了小三，妳也會替天行道啊？」

她轉過頭看我，一臉不屑，「就妳那個性會委屈自己當小三？我不相信。」

我聳聳肩，算是同意她的話，說不定我還會夥同正宮一起殺掉那個男的吧。每次男人外遇，時常可見正宮和小三兩方對峙，打得你死我活，甚至正宮只提告小三通姦罪，卻輕易放過老公。

女人何苦爲難女人？最該被檢討的其實是那個做錯事的男人啊。

「對了，妳同學會是哪天啊？辦在哪裡？」

「這星期六，地點在臺中的一間餐廳，就在以前國中附近。」

「那不就快到了，妳會去參加吧？會的話我這星期就回宜蘭老家一趟，探望爺爺奶奶，不然我一個人待在臺北也無聊。」

「我還在考慮要不要去。」我遲疑道。

「考慮什麼啊？妳以前跟國中同學處得不開心？」

我一愣，該說是開心還是不開心？

關於國中的記憶，我並沒有忘記，只是很努力不去想起，因爲那些年的回憶藏著太多痛苦。

「就沒有想見的人嗎？」關詩璇拿起遙控器轉台。

想見的人……腦海閃過一幕畫面，那個人站在花圃旁邊，眼裡有著戲謔的笑意，他手中握著水管替花圃裡的植物澆水，捲至膝蓋下方的褲管沾附了些許飛濺的水珠。

我瞬間溼了眼眶。

「還好，沒有特別想見誰。我再考慮看看吧。」我假裝被口水嗆到，側過頭咳了幾聲，藉此遮掩眼角的淚光。

每次想起那個人，我總會不由自主感到窒息，全身每一處彷彿都湧上一股劇烈的疼痛。

「妳還是快點決定吧，這樣我才好買車票啊。」

我起身回房，在關上房門前，聽見關詩璇對著我喊道。

漆黑的房間裡，我背靠著門板，身軀緩緩滑下，而後蹲坐在地面，將頭埋進雙膝間。

我有想見的人。

曾經花費許多時間與心力找尋他的蹤影，就只爲了再見他一面，最終卻仍一無所獲。於是我學會不去期待，不讓自己糾結於見不到他的痛苦。

時間都過去了這麼久，就算去參加同學會，眞的有可能見到他嗎？

我甩甩頭，要自己別再多想，並強迫自己躺上床、閉上眼睛，只要睡著就可以不那麼難受了吧。

偏偏日有所思，夜有所夢，我竟夢見了他。

教室、花圃、操場、體育館，所有曾經熟悉的場景歷歷在目，只有他的臉是模糊的。

他駐足在走廊側邊，仰望天空，我想走過去看清楚他的臉，雙腿卻像被固定在原地，怎樣也前進不了。

「曦文，我聞得到雨的味道。」

我猛然睜開眼睛，環顧四周後，才微微喘著氣坐起身，窗外天色已亮。

慢慢呼出一口氣，我往浴室走去，等我洗完澡、化好妝，坐在客廳喝咖啡時，關詩璇才打著哈欠走出房間。

「妳怎麼這麼早？」

「妳是老師耶，卻每天都在遲到邊緣才到學校。」我盯著氣象台，未來一週都將是晴朗的好天氣。

「代表我從學生時代到現在始終如一啊。」她辯解道，打開冰箱拿出牛奶，來到客廳坐下，瞥見我放在桌上的同學會邀請卡。

「喔？妳決定參加嘍？」

我點頭，稍早才在參加那欄打了個勾，「我打算坐自強號過去。」

「幹麼不坐高鐵？自強號搭到臺中也要兩個小時吧。」

「打算在路上沉澱一下心情，畢竟我有十三年沒見過當時的朋友了。」我提起包包準備出門。

「很少聽妳講起國中的事呢。」關詩璇看了我一眼。

我淺笑不答，打開門走了出去。

原本預計星期五先請假南下，好好逛逛臺中，但按照目前的工作進度看來，週末不用加班就該偷笑了。

在我忙得焦頭爛額之際，也只有白目的王皓群還敢來跟我說話，其他人則是能離我多遠是多遠。

「妳明明才二十七歲，卻把自己搞得好可怕喔！」

午餐時間，我邊啃麵包邊在交誼廳裡校稿，根本無暇搭理王皓群。

「對了，妳去臺中可以幫我買太陽餅回來嗎？」

我從稿件裡抬頭，狐疑地望著他，「你怎麼知道我決定要去參加同學會？又怎麼知道是辦在臺中？」

王皓群本想裝神祕，但在我用鞋跟狠狠踩了他的皮鞋後，他立刻哭喪著臉解釋：「昨天邀請卡上面有寫同學會的舉辦地點啊，以我對妳的了解，我知道妳一定會去的。下次別踩我鞋子好嗎……」

「早說不就沒事了。」我低頭繼續校稿，忽然覺得不對勁，「你不是不愛太陽餅嗎？我記得上個月小玉買來請大家吃的時候你還推辭不要，現在怎麼又要了？」

「我一個嫁到國外的好朋友很愛太陽餅，最近剛好要寄東西給她，所以順便送一點伴手禮啦。」王皓群臉上掠過一抹罕見的溫柔。

「喔，好啦，那我幫你買一盒回來。」雖然很想追問，但我身陷校稿地獄，實在沒閒功夫八卦。

王皓群繼續坐在我旁邊，有一搭沒一搭地撩撥我說話，直到手機響起，他才拿起手機往交誼廳外的陽台走去。

隔著一扇玻璃門，我只能看見王皓群在接起電話後的神色變化，卻聽不見他說話的內容，他臉上的笑容和平時截然不同，我看得出他的笑充滿由衷的喜悅。

過了一會兒，他結束通話，又走回交誼廳，帶點歉意地開口：「曦文，加買冷凍雞腳可以嗎？」

我白他一眼，「我能承受的範圍只限一盒太陽餅。」

「拜託，求妳啦。」

我挑眉，王大業務居然會求我？

「幹麼？冷凍雞腳能寄去國外嗎？」

「是不行。」他頓了頓，「但我不是要寄去國外，是要送我家鄰居。」

「你要給我什麼好處？總不能白白替你做事吧。」

「別趁人之危啊。」他不滿地抱怨。

「那我可以不買。」

「好……算妳狠，這樣吧，我盡量在這幾天幫妳搞定Ciel如何？」

「不對啊，什麼叫幫我？搞定他對你們廣告部也有好處啊！」不過這的確是一筆划算的交易，我也不得理不饒人，爽快地向他舉起左手，「好啦，成交。」

他才跟我擊完掌，手機再次響起，我抱起稿子準備回座，離去前又回頭看了眼邊講電話邊笑得燦爛的他。

「會啦會啦，我會拿去給妳爸媽的，到時候發一張照片證明我有拿雞腳凍過去好嗎？」

儘管這樣的王皓群讓我有些看不習慣，卻比他向來花花公子的形象眞誠多了。

星期六一大早，關詩璇才剛起床整理回宜蘭的行李，我已經出門搭上前往臺中的火車。

雖然在邀請卡上勾選了參加，我卻沒有事先回傳給召集人，或許是還想爲自己保留一點進退的空間吧。

坐上火車不久，我先是收到王皓群提醒代買臺中名產的訊息，便也傳了LINE讓關詩璇檢查瓦斯門窗後再出門，接著戴上耳機，閉上眼睛想要稍做休息。

可是越是強迫自己入睡，我的腦袋反而越清醒，那些被我埋藏在記憶深處的過去，慢慢地滲透出來。

我不願回想，卻壓抑不住回憶湧現。

一個彎腰駝背、厚厚的劉海幾乎完全遮住眼睛的女生，低著頭走在我懷念的那道走廊。

我不禁一陣鼻酸。

那是我。

十三歲的我。

第三章

十三歲的我跟現在的我，是截然不同的兩個人，簡直就像是人格分裂一樣，從外型打扮到脾氣性格，幾乎沒有一絲重合。

我當時就讀的國中，冬天必須穿著深藍到近乎黑色的百褶裙，上身是白襯衫和同色系的開襟毛衣；夏天則同樣是一身毫不明亮的深藍水手服。

藍色不是憂鬱的顏色嗎？穿上這身黯淡的制服，我好像也被憂鬱綑綁住，開朗不起來。

我垂著頭，眼睛看著地面，手拿書本跟在人群的尾端。

這堂課要到視聽教室看影片並寫心得，同學們興高采烈地猜測要看的是哪一部片，我只希望影片能歡樂有趣點，好讓我的心情能愉悅些。

我從小個性就比較內向，不擅與人交際，進入青春期後因爲內分泌失調，臉上長滿青春痘，甚至嚴重到留下好幾塊痘疤，即便醫生說只要好好清潔照顧，隨著年紀增長，大部分的斑痕將逐漸淡去，卻無法減少我的自卑，所以我留起了長長的劉海，拚命將臉頰兩側的頭髮往前撥，就是不想讓人看見我的臉。

加上開學前，我和姊姊貪吃麻辣鍋，不小心辣傷了喉嚨，不僅聲音沙啞，還伴隨著難以忍受的疼痛，導致我那幾天都只能用氣音講話。

因此在升上國中的第一天，面對一班陌生臉孔的新同學，我站在位子上低垂著頭，用氣音自我介紹，那副陰沉的模樣足以令所有人對我敬而遠之。

不知道是我神經過敏還是怎樣，我總覺得同學好像都帶著一種竊笑的神情看著我，他們不會欺負我，也不會在我講話的時候嘲笑我，只是沒有人理我。

也許是我太過自卑，我害怕別人的目光，一個大笑，一陣耳語，都會讓我不由自主地瑟縮，以爲同學在說我壞話。

即使後來我的聲音復原，也改變不了什麼，我成了一個邊緣人，中午獨自吃飯，下課獨自去廁所，努力降低自己在班上的存在感，彷彿患了人群恐懼症。

走進視聽教室，我快速在第一排坐下，相較後排位子的滿滿當當，第一排只有我一個人。

「老師，請問今天看什麼影片？」班長張又仁舉手發問，他戴著粗框眼鏡，頭髮柔順服貼，長相十分秀氣，談吐也得宜，手上戴著知名品牌手錶，很明顯來自富裕的家庭，縱然有些少爺脾氣，卻不討人厭。

「今天老師挑了一部音樂電影給大家欣賞。」國中的音樂課，老師最常用看影片寫心得來打發學生了。

我原本以爲會是《眞善美》，那部片我看過好幾次了，裡頭的音樂很輕快，看完心情會很好。

坐在最後一排的男生嘻嘻哈哈地打鬧，完全不理會老師。

「那、那就開始播放影片嘍。」音樂老師大約只有一百五十公分高，是個剛從大學畢業不久的年輕老師，資歷淺，脾氣又好，所以不被正值叛逆期的國中生放在眼裡。

「後面的同學請安靜，現在是上課時間。」張又仁推了推眼鏡，轉頭發話。

「班長說話了。」幾個男生低笑。

「請保持安靜，不要在課堂上聊天。」張又仁一點也不在意地重述一遍，幾個男生依然嬉笑著，但聲音壓低許多，總算是有點上課的樣子了。

老師關掉燈，螢幕上緩緩出現影像，我靜下心試圖進入電影劇情裡，可是身後那群女孩的竊竊私語讓我無法不在意。

她們是在議論我嗎？難道是在說我裝乖坐第一排，好讓老師對我留下印象？我是不是應該要往後坐？怎麼辦？

儘管眼睛盯著螢幕，我的注意力卻被後頭那些窸窸窣窣的聲音吸引過去，想聽清楚她們在講什麼。

「不在啦。」

「小不點老師居然沒有發現。」

小不點是音樂老師的外號。

「她甚至不敢正眼看我們，怎麼會發現。」

她們交談的聲音斷斷續續傳進我耳裡。

「妳們說他跑去哪裡？」

「我猜他又在哪裡睡覺了。」

「蹺課大王。」

「但是他很帥。」

她們是以班花林千卉爲中心的女生幫，長得漂亮，腦袋又聰明，無形中成爲與其他人區隔開來的小群體，與我更是天差地別的存在，就算我重新投胎，也無法和她們一樣。

我一邊偷聽她們的對話，一邊心不在焉地盯著螢幕，突覺肚子一陣絞痛，要拉肚子的那種絞痛。

可是在上課時舉手說要去廁所，這種舉動讓我覺得非常丟臉，特別是如果老師問我怎麼了，難不成我要當著全班的面承認自己要去廁所拉肚子？

我極力忍耐，雙拳緊握，冷汗直流，肚子翻絞的疼痛卻絲毫未減。約莫過了五分鐘，我終於忍不下去了，被大家知道我要去廁所總比在課堂上拉出來好，於是我顫顫巍巍地舉起了手。

因爲害怕引起旁人注目，也因爲肚子的疼痛，讓我的聲音淹沒在電影配樂裡，老師完全聽不到，問了好幾聲，最後索性暫停影片播放，朝我走了過來。雖然我沒回頭，但我知道全班都在看著我，頓時感到芒刺在背。

「我……想去廁所……」

「妳要去廁所？快去吧。」小不點老師身材嬌小，平常聲音不大，偏偏這時候的話聲卻很清晰。

我聽見幾個女生噗哧笑出聲，為此我更加羞愧難當。

我氣老師說得這麼大聲，也氣自己為什麼會肚子痛，不發一語站起來就往外走，手才剛放上門把，門卻被人搶先一步從外面拉開，我來不及反應，和對方撞個正著。

一撞之下，對方不為所動，我卻向後咚的一聲，一屁股跌坐在地，班上同學哈哈大笑，這瞬間我真想原地自爆。

「是這間教室沒錯吧？我剛先跑去音樂教室了。」撞到我的男孩說。

我的眼睛始終看著地面，聽不出對方是誰，雙手撐地正要站起時，卻覺身體一輕，對方握著我的胳膊將我拉了起來。

「抱歉啊。」

我依然低頭不語，男孩掠過我身邊，往教室後排走去。小不點老師嚷嚷著為何班上少一個人，卻沒有同學向老師報告，我急著離開，口袋裡的衛生紙卻不巧掉在地上。

我本能地彎下腰去撿，這一彎腰，壓迫到翻騰的腸胃，我不受控制地放了個響屁。

有道是臭屁不響，響屁不臭，但我寧願放了個很臭的悶屁，也不願被聽到。

果不其然班上發出爆笑聲，我完全不敢抬頭，全身僵硬，腦中一片空白，方才被小不點老師叫破我想上廁所的尷尬，對比現在根本微不足道，此時才是讓我真正想死的時刻。

「哎呀呀呀，我放了一個屁，對不起啦大家。」

那個和我擦肩而過的男孩忽然大聲說。

「什麼啊，明明……」林千卉的聲音有疑問也有笑意。

「我早餐吃地瓜啊，一個不小心就……哈哈哈，這是人體自然反應，沒什麼啦！放屁很健康啊，你們多聞聞，好香呀！」男孩邊走邊說。

我好不容易找回一點身體控制權，微微轉身，只見到他挺直的背影。

可我不知道他是誰。

「易辰光，怎麼這麼晚進教室？」小不點老師說，這下我才知道那男生的名字。

「我在頂樓睡覺，天氣太舒服了，不小心睡過頭，我剛剛還先去音樂教室一趟哩，怎麼沒人通知我要換教室上課啊！」他大聲抱怨，全班熱絡地附和他，你一言我一語地笑鬧著，我趁機逃出教室。

在那片熱鬧的地方，沒有我能存在的空間。

只是從此之後，易辰光的名字就記在了我心裡。

自從音樂課後，我開始偷偷觀察易辰光。他的人就跟他的名字一樣，光明、光亮，好像耀眼的太陽般閃閃發光。

他不管穿著制服還是運動服，褲管都會捲至小腿中間，腳上的籃球鞋最近換成了帶著黑邊線條的白色網布老爹鞋，毫不在乎此舉已然違反校規。

他總是掛著痞痞的笑容，上課調皮搗蛋，成績卻不差，時常搞怪說笑逗全班開心，而且他個子高，運動神經又佳，這樣的男生受到歡迎，好像是理所當然的事，班花林千卉就是他的仰慕者之一。

我抄寫著黑板上的筆記，眼角卻不時瞥向站在講台邊說笑的一群人，當中最亮眼的便是易辰光和林千卉。

我寫字速度本來就慢，加上分心，筆記抄得七零八落，擔任值日生的易辰光走上講台，拿起板擦就把黑板上的內容擦去大半。

「啊……」我輕呼一聲，卻也只能咬著下唇，默默闔上課本，然後起身去廁所。

明明上課手也沒停過，但老是來不及抄完筆記。

洗了把臉，看著鏡子裡的自己，不禁嘆了口氣。

除了劉海長得幾乎要蓋住眼睛，我的頭髮短得綁不起馬尾，只能任其在肩膀上胡亂翹起，造型糟糕得就像我的學校生活一樣。

唉，明明小時候的我挺愛笑的，爲什麼隨著年紀漸長，我卻越來越不容易展露笑容？而且越來越在意別人的目光與言語，越來越不敢表達自己的意見？

這樣陰沉的女生，連我自己都不喜歡了，又怎麼能奢求有人喜歡我、願意和我做朋友？

我自慚形穢地垂下眼簾，扭開水龍頭，聽見一陣輕快的腳步聲從入口處傳來。

「阿光絕對是喜歡妳啦！」

「我也這麼覺得，他肯定對妳有意思！」

我從鏡子的反射和走在最前頭的林千卉對上了眼，我輕輕點頭示意，幅度微乎其微。

鏡子映照出我的面無表情，和身後女孩們的視若無睹。

「總之，一定是這樣。」走在後頭的兩個女生完全當我不存在，只顧著和林千卉說話。

「如果眞的是這樣就太好了。」林千卉對著鏡子裡的我嫣然一笑，不管是出於禮貌還是表面功夫，都讓我的心情稍稍好轉。

我也覺得易辰光就該和林千卉在一起，他們是典型的王子與公主，是閃閃發光的人。是和我不同世界的人。

然而不過短短幾個小時，我的這種想法便遭到了顚覆。

在我放學回家必經的路上，乍看到易辰光時，當下眞不知該如何是好。

易辰光就坐在巷尾老舊的雜貨店前的圓凳上，大半身軀隱沒在雜貨店投下的陰影中。我家就在巷底，想回到家裡，不可避免地一定得從易辰光面前走過。

或許他不會發現我，又或許就算他看到我，也會跟林千卉那兩個朋友一樣，無視於我。

我拉緊書包背帶，猶豫著是否乾脆當作沒看見、低著頭快步走過，這時我卻聽見了一陣喁喁的細語聲，來自易辰光那幾乎沒有張開的嘴唇。

不知道爲什麼，在這個瞬間，我忽然覺得眼前的易辰光，和在學校的他判若兩人，那個我印象中閃閃發光的男孩，不該獨自坐在雜貨店前面發呆，眼中不見一絲神采。

那是我這樣陰暗的人才會做的事。

我躲在一旁雜貨店堆積的回收紙箱後方，探出頭觀察他的一舉一動，發現與其說易辰光在發呆，不如說他是想事情想到出神。

我整個人倚靠在空箱上，企圖更靠近一些，聽清楚他在喃喃自語些什麼。

「需要快樂……眼淚不……是愛嗎……」

我只能依稀捕捉到幾個破碎的字句，他低下頭，看向膝蓋上的紙張。

「哇！」

那落空紙箱根本無法承受我的重量，一個重心不穩，我向前撲倒，面朝下摔在紙箱堆中，裙子掀起，露出了內褲。

鬧出這麼大的動靜，易辰光當然不可能沒注意到。

「禹曦文。」

還沒看到我的臉，他就喊出了我的名字，不是疑問句，也沒有念錯，這讓我頗爲訝異地抬起頭看他。

「妳在做什麼？」他揚起一貫的笑容，彷彿方才鬱鬱寡歡的他是個錯覺。

但是我瞥見了，他飛快將膝蓋上的那張紙揉成一團，塞進口袋。

「我家在這裡。」我趕緊爬起來整理儀容。

「這間雜貨店是妳家？」

「不是，再過去一些。」我想問他怎麼會在這裡，也想藉這個機會向他道謝，然而嘴巴幾度開開闔闔，卻一句話也說不出來。

「那妳眞幸運，我今天遛達亂轉，意外發現這家雜貨店自製的枝仔冰便宜又好吃，所以才會一個人待在這個我平常不會來的地方。」他像是在解釋什麼，站起來喊了雜貨店阿婆出來，又買了一根枝仔冰，「那明天見了。」

我點點頭，仍是一語不發，甚至無法舉手回應他的道別。

原本我已經往自家方向走去了，可是不知怎地，我停下腳步回過頭，看見易辰光出了巷口後往左轉。

左轉……不就是回學校的方向嗎？我聽說過易辰光家裡很有錢，住的是獨棟的三層別墅，但從學校一路走到我家，兩旁都是新興的公寓式住宅，並沒有別墅區，顯然他不住在附近。

那麼，易辰光放學後不回家，跑來這裡做什麼？

嘖，想這麼多幹麼？我又不了解易辰光這個人，他出現在這小雜貨店可以有很多原因，說不定眞像他所說，他是無意間走過來的。

我正打算離開，卻瞥見剛才易辰光坐的圓凳下有個紙團，一定是他塞入口袋的那個紙團，在他起身時不小心掉了出來。

出於好奇，我上前撿起並打開。

一個用鉛筆反覆塗抹交錯的圓圈，占據了大部分的畫面，圓圈的上下分別有條彎曲的線條。

最下方則寫著一排字：妳的眼是無盡深淵。

我將畫紙拿遠，看起來果然像是人的眼睛。

我一直以爲易辰光是如同太陽般耀眼的人，性格也開朗活潑，但這張紙上的畫作，可不像一個開朗陽光的人會畫出來的。

印象中有句話是這麼說的：越光明的地方往往藏著越深的黑暗。

這一刻我驚訝地發現，易辰光這個人，可能並非如我先前所想。

體悟到這一點後，我邁開步伐，往易辰光追去。

易辰光還沒有走遠，我左轉出巷子口，馬上看見易辰光的背影，他停在天橋前方，頓了頓又繼續往前走，我加快腳步追上，保持著不被察覺的距離跟在他後面。

如果這一幕被班上同學看見，肯定會說我是噁心的跟蹤狂吧。

但我實在太在意那個猶如被陰暗籠罩的易辰光，我想確定是不是我多心了。

一路跟著他來到一片長滿雜草的空地，空地四周被尼龍繩圍住，最外圍插著一塊出售的牌子，看起來十分荒蕪。

易辰光輕易地抬腳跨過空地邊緣的尼龍繩，走進幾乎有一人高的草叢中，然後就沒有再走出來。

我小心翼翼接近，張望了一會兒，什麼異狀也沒發現。

「不進來？」

他的聲音忽然響起，我倒抽一口氣，他知道我在跟著他！

太丟臉了！我轉身拔腿就想逃走，一隻手冷不防從草叢裡伸出來，準確地抓住我的手腕。

「哇！」我大叫，驚慌失措下，右腳絆到左腳，整個人屁股著地往後摔，來不及喊痛，易辰光已經放開我的手，鑽出草叢，站在我身邊俯視著我。

「嚇到妳了，抱歉。」他嘴角一扯，笑容裡一點歉意也沒有，瞥了我一眼後又說：「妳要不要快點站起來？」

他指指我的下半身，我才驚覺自己雙腳大張，裙子上掀至腰間，再次在易辰光面前走光。

我在心中瘋狂尖叫，立刻雙腳闔起，雙手緊緊壓住裙子，想要站起身，腳上卻施不出半點力氣。

他不再理會我，而是抬頭望著天空，一陣風吹來，拂起他不合校規的褐髮，他的眼神流露出一抹難以分辨的情緒。

「要下雨了。」他說。

我跟著仰頭看向天空，雖然天色有些陰暗，但雲層並不厚，怎麼可能說下雨就下雨。

「曦文，我聞得到雨的味道。」他低下頭，對上我的眼眸，那一瞬間，我知道有什麼東西，在我心裡扎下了根。

忽地轟隆一聲，毫無預兆地下起了豪大雨，粗大的雨滴打在身上，竟有些隱隱的疼痛。

「快走啊，發什麼呆？」雖然他這麼對我說，可他看起來並不著急，徐步走向一旁店家的遮雨棚。

嗯，其實他……沒有我想像中那麼體貼嘛。

我看過不少漫畫或是偶像劇，男生不都會用外套還是書包幫女生擋雨嗎？不然好歹也要扶我一把吧。

雙手撐地，靠著自己的力量站起來後，我揉了下發疼的屁股，原本想用書包遮雨，但衣服早已溼透，完全不需多此一舉，還不如早點回去。

我往家的方向走了幾步，扭頭看了眼易辰光，他雙手環胸，站在遮雨棚下，似笑非笑地看著我，一點也沒有要阻止我的意思。

透過昏暗的雨幕，我忽然覺得，易辰光好適合雨天。

他又再度被黑暗所籠罩。

「我以爲妳要回去了。」

等我回過神，已經不知不覺站在易辰光身邊。

「也好，反正最多十分鐘，這場雨就會停了。」他看了看天空說。

我沒作聲，只覺得亂不自在的。

沉默之中，青蛙的鳴叫聲時不時穿過滴滴答答的雨聲響起，讓我的心情逐漸平靜下來。

我喜歡雨天，雨是上天的恩賜，滋養大地，也爲我洗去我心靈上的雜質。我喜歡雨的味道，那是一種潮溼卻又乾淨的味道。

我將黏在臉上的溼髮往兩側撥開，露出整張臉，靜靜凝視著路面上的小水窪，因爲雨水的干擾不斷泛起陣陣漣漪。

「曦文的曦，是晨曦的曦呢。」易辰光驀地開口，我微微皺眉看向他。「晨曦不是代表光明嗎？爲什麼妳這麼陰暗？」

這句話太沒禮貌，我憤憤地瞪他，卻不敢反駁。

「哦？」他直視著我，一臉不懷好意，我立刻別開臉。「妳長得挺正常啊，沒事留那麼長的劉海把自己弄得像鬼一樣幹麼？」

我以爲自己聽錯了，但沒想到易辰光繼續又說：「把自已弄得這麼陰暗，難怪妳在班上沒朋友，妳不覺得自己也要爲此負起很大一部分的責任嗎？」

易辰光這個人嘴巴很賤，他說到了我的痛處！

我再度把劉海往前撥，蓋住眼睛，易辰光怪叫一聲，伸手想阻止我，我往後退一步，脫離了遮雨棚的庇護，回到大雨中。

他有些訝異，卻沒有說什麼。我的視線在頭髮和大雨的遮蔽下一片模糊，既然看不清楚對方的臉，我就敢說出心裡話了。

「半斤八兩，你的名字不也有個光字，可是你眞的活在光明之中嗎？人前笑得陽光，人後卻畫出這種奇怪的畫，說別人之前，先想想自己！」我取出他遺落的紙團丟還給他，猶豫了一下，最後還是開口道謝，「上次音樂課，謝謝你幫我。」

話一說完，我不敢等待他的反應，立刻轉身往家的方向跑去，沒想到易辰光以迅雷不及掩耳的速度跑過來擋在我身前。

「妳把劉海修短，或是乾脆不留劉海，一定會很好看。」這傢伙牛頭不對馬嘴在說什麼？

我往右邊想繞過他，他也跟著移動腳步擋住我。

我沒好氣地瞪他，要他閃邊，易辰光一點也不以爲意，笑得很開心：「還有啊，如果能剪短劉海，瞪起人不是更有氣魄？」

我再繞向左邊，他腳步一挪，依然擋住去路，「更重要的是，讓自己看起來不再那麼陰沉後，班上同學就會願意跟妳說話。」

簡直忍無可忍，我咬牙切齒道：「不需要……」

「妳說什麼？」

「我說我不需要改變外貌什麼的！如果因爲這麼簡單的理由就可以改變一個人的生活，那太膚淺了，因爲這樣而結交到的朋友，我也不要！」我握緊了拳頭。

「哪有這麼誇張，只是建議妳修剪劉海而已。」易辰光哈哈大笑，「況且，如果能讓外表成爲自己的優勢之一，是否膚淺又如何？」

「我不會剪的！」說完我用力踩向他的腳，卻撲了空踩進水窪，濺起的水花全潑濺在自己的小腿上，算了，沒差，反正渾身上下早就都溼透了。

「妳也是會大聲說話的啊。」他笑了笑，這一次是很眞誠的那種笑。

我脹紅了臉，沒有回頭，遠遠地跑開。

一回到家，我全身溼透的慘狀令媽媽驚叫連連，姊姊也大聲喊著要我待在門口不許動，隨後急忙拿著乾毛巾過來幫我擦拭頭髮，口中還不停碎念，同時直接動手剝掉我被雨水浸溼的衣服，讓我在玄關換上家居服。

「幹麼在玄關脫衣服啊？」

爸爸拿著報紙從廁所走出來時，我脫到只剩下內衣褲，就算我身材再怎麼平板，好歹也是十三歲的青春少女，面對爸爸這個「異性」，不可免地尖叫出聲。

「爸！走開啦！不要看！」姊姊幫腔高喊。

「妳們自己在玄關換衣服，又不是我要看的，況且我又不是別人，小時候都是我幫妳們換尿布清大便外加洗澡……」

「老公！」媽媽面帶微笑地打斷爸爸的話，「請你迴避。」

媽媽笑著威脅人的樣子最可怕了，爸爸大氣都不敢吭一聲，默默轉頭回房間。

我的家庭很幸福，父母和睦，姊姊也很疼我，我在家裡時常都能露出由衷的笑容。我在家裡的樣子和在學校表現出的樣子判若兩人。

易辰光說的話始終在我心中徘徊不去。

是啊，他說的沒錯，我很陰暗，我在學校沒有朋友。

而之所以會導致這樣的情況，某一部分的責任，的確在我自己身上。

雖然易辰光說，改變外貌就能讓我交到朋友，但如此膚淺的朋友我也不想要，隔天我依然頂著長長的劉海去上學。

一如平常，教室裡充滿嘻笑聲，班長張又仁坐在位子上看書，易辰光則坐在窗邊和同學聊天，林千卉也在其中，和易辰光靠得極近，兩人有說有笑。

我面無表情地從前門走進教室，途中往易辰光的方向瞥了一眼。

存在感極低的我從來不會引起任何注意，今天易辰光卻叫住了我。

「曦文，早安啊。」

霎時間，全班同學都沒了聲音，訝異地看向我，只為了易辰光親暱地喊了我的名字，還跟我這隱形人道早。

話說回來，好像從昨天他就這麼喊我了，不是禹曦文，而是曦文。

「我以為妳今天會剪劉海。」他跨過課桌椅來到我面前。

我還沒有從他大剌剌跟我講話的震驚中恢復過來，他的手已經貼上我的額頭，將我的劉海往上撥。

「呀！」我嚇得大叫，用力拍開他的手，發出啪的好大一聲。

林千卉率先笑出聲，像是會傳染一樣，全班哄堂大笑。

「聽到沒，她還『呀』地亂叫。」

「阿光，不要這樣逗弄她，小心她回家跟媽媽告狀。」

所有人任意議論我、嘲笑我，我咬著下唇，握緊書包背帶，低頭看著自己的皮鞋，不發一語。

被人無視和被人嘲笑，是完全不一樣的。

「曦文，妳說對了一件事。」在一片吵鬧的笑聲中，易辰光以近乎氣音的聲音在我耳邊低語：「我很灰暗。」

我抬頭，透過髮絲的縫隙，看見他皮笑肉不笑的神情，濃黑的大片陰影籠罩在這個人身上。

我應該要討厭他，但此時此刻我只想哭，眼淚不受空地奪眶而出，而我搞不清楚落下的眼淚，是爲了他，還是爲了我自己。

「討厭，她是哭了嗎？」林千卉皺眉，嘴角仍然維持上揚。

「這樣好像我們欺負她似的，哭什麼啊。」另一個人說。

「對啊，幹麼啊，開開玩笑都不行？」又一個人搭腔。

我哭也錯了嗎？

易辰光忽然噗哧一聲，手又伸了過來，使力壓上我的劉海，髮絲緊貼著我的額頭，尾端刺到了眼睛。

「你們不覺得，她這樣很像古代牧羊犬嗎？」

這句話再度引發全班的爆笑。

「已經打鐘了。」張又仁闔起書本，走到講台上，「快回座，數到五沒回到座位的要登記違規了，一、二……」

眾人一哄而散，瞬間坐回各自的座位，張又仁甚至還沒數到四。

只剩下站著的易辰光，以及冷不防被他伸臂從後環住頸間的我。

「禹曦文，易辰光，請你們快回座。」張又仁不滿地望著我們。

喂喂喂，明明是易辰光不放我走，與我何干？

「我最喜歡古代牧羊犬。」易辰光說，下巴抵在我肩膀上還磨蹭了下，我睜大眼睛，掙扎著推開了他。

「我才不要你喜歡！」我大喊，眼睛不自覺瞄向林千卉，天啊，她的眼神好恐怖。

「我是說喜歡牧羊犬，又不是說喜歡妳。」他一臉玩味。

「但是……」跟他多辯無益，只會更加丟臉，我走到座位上放下書包，生著悶氣。

易辰光哈哈大笑，幾個男生也跟著起鬨，唯有林千卉的目光刺得我背上發疼。

沒想到這場鬧劇並未就此結束，這一整天，易辰光時不時就會過來撥弄我的頭髮，嘴裡說著「讓我看看狗狗的眼睛在哪？」，或是「來來來，跟主人到外頭散步」，然後不顧我的意願，硬是把我拉離座位。

拜他所賜，我第一次在教室以外的地方吃中餐。

「可以不要一直黏著我嗎？如果你是因爲昨天我說你表裡不一而生氣，那我跟你道歉。」在頂樓天台席地而坐，我輕聲說。

我不知道易辰光哪來的鑰匙，這裡平常禁止學生進出，此刻偌大的天台上只有我和他兩個人。

他仰躺在地上，也不怕弄髒制服，就那樣直直地看著天空。

「我沒生氣啊。」

「那幹麼要處處捉弄我？」難道他不知道這樣很容易為我招來女生的怨恨嗎？

他從地上跳起來，拍拍褲子走近，毫不客氣地捏起我便當裡的一塊雞肉丟入口中，邊舔吮手指邊說：「我只是非常訝異。」

「什麼？」

「妳會發現我的陰暗面。」儘管他嘴角勾起，眼神卻深不見底，剎那間我有些怔愣。

他眼神一轉，那抹幽暗轉瞬即逝，我來不及看清，他已背對著我再度躺下。

「如果妳不想當我的古代牧羊犬，可以把劉海修短。」他說。

我有種感覺，這一切根本就是他設下的局。

第四章

要當易辰光的古代牧羊犬，還是乖乖修剪劉海？

兩相權衡下，我不甘心地選擇了後者，我不想他以此爲藉口，不時在全班面前戲弄我。

聽到我終於願意修剪劉海，媽媽喜極而泣，姊姊高興之餘，更是得寸進尺地要求我順便修一下頭髮，一修就修到了耳下。

我永遠也忘不了，隔天易辰光看見我時，表情流露出像是馴服野貓似的欣慰與驚喜。我掠過他往座位上走，卻被他一把拉住。

他大聲嚷嚷：「你們快看，曦文剪頭髮了，她的臉長得很可愛對吧？」

我驚慌地瞪大眼睛，不可思議的是，竟然有一票男生認同地點頭。

「別亂說。」

「她臉紅了，很經不起誇對吧？」易辰光笑得好開心，雙手搭在我的肩膀上將我轉向眾人，我很想大喊性騷擾，可是這是第一次，班上有人正眼看我，使我一時之間忽略了易辰光的舉動有多麼不妥。

我大概是太開心、太得意忘形了，中午才會被林千卉關在廁所裡。

「妳少自以爲是了。」不知道是林千卉哪個跟班，重重朝門踢了一腳。

「就是啊，阿光是看妳可憐，以爲自己是什麼落難公主嗎？」這語氣簡直就是電視劇裡那些刻薄的壞女人。

「快點解決，不要拖時間了，我怕有人過來看見。」這聲音聽起來比較遠，她們竟還留了人在廁所入口把風。

「用這個。」我認出這是林千卉的嗓音，接著就聽見她們不懷好意的笑聲，以及水流落在桶子裡的聲音。

我猜測她們會不會仿效漫畫裡欺負人的情節，從廁所隔間上方潑水，將我淋得一身溼——但這麼一來，不就擺明了我被別人欺負了嗎？就算我不主動開口告狀，老師也會察覺有異吧。

我還想不出個所以然，就聽見嘩啦一聲，大量的水從底下的門縫湧進，瞬間我鞋襪都溼透了。

「哼！自己識相一點！」林千卉最後撂下一句狠話，和朋友們嘻嘻哈哈地離開了廁所。

我在心裡一邊暗罵她們幼稚，一邊又有些佩服她們的小聰明，鞋襪浸溼的感覺非常不好受，同時又不容易被旁人發現。

推了推門，先前卡住門板的拖把已經移開了。我慢慢走回教室，每踩一步鞋子便發出噗唧噗唧的聲音。這下子我也不好立刻回到班上，畢竟在座位脫掉鞋襪必定會引起側目，於是索性坐在花圃旁邊脫掉鞋襪，並將鞋襪曝曬在烈日下。今天氣溫很高，希望很快就會乾了。

然而天不從人願，直至午休時間結束，鞋襪依舊半濕，但也別無他法，我只能忍著噁心穿回鞋襪，還晚了兩分鐘進教室，幸好老師還沒來。

張又仁站在講台上，皺眉問我：「怎麼遲到了？」

「去上廁所吧，以防等等上課上到一半又肚子痛，對不對？」一個女生大聲說，幾個女生馬上應和，笑成一團。

班上其他同學也想起我在視聽教室出的糗，跟著起鬨。

「禹曦文那時候還放屁了！」

「對對對！哈哈哈哈，笑死人了！」

林千卉看著我，唇角高高揚起，顯然很滿意我狼狽的處境。我低下頭，少了遮蔽視線的劉海，我變得不知道該看哪裡，很沒安全感。

我突然很氣易辰光，都是他讓我失去了劉海這道庇護，我下意識地看向他，卻撞上他玩味的笑容。

他在等我求他，我一看就明白了。

我才不要！我緊咬下唇，目光再度投向地面，默默走回自己的位子。沒關係，只要易辰光不再理我，林千卉也不會再找我麻煩。

「安靜一點。」張又仁敲敲桌子，制止眾人繼續吵鬧，可他的語氣也帶著笑意，沒有半點威懾力，眾人變本加厲地討論起我的新髮型。
「像是蘑菇一樣。」他們肆意取笑我。
「好了好了，不要再逗曦文了。」突然易辰光開口了，我不敢置信地抬眼瞪他。
逗!?班上同學這些行爲已近乎霸凌，他居然用「逗」這個字？
「阿光……」林千卉嬌笑著起身靠近他，易辰光卻看也不看她，筆直朝我走來。
「曦文每次的反應都好可愛，她會當眞的，況且那天明明是我放的屁，你們忘了？」易辰光伸手搭上我的肩膀，我扭動著想要推開他，他卻用力把我從座位上拉起來，從身後環抱住我。
「放、放……」我的聲音微弱得毫無用處。
「阿光……」林千卉再也維持不住笑容了，嫉妒使她的臉微微變形，對我的恨意好像更深了。
「哈哈，阿光，你們不會是在交往吧？」一個男生開玩笑地說。這種話說出來誰都不信，其他人紛紛驚呼「怎麼可能」，我也趕緊搖頭否認，我怎麼可能跟易辰光交往！
全班同學都殷切看向易辰光，等著他表態，他卻低頭看著我的鞋子，有些不悅地問：「妳的鞋子怎麼溼了？」
聞言，林千卉頓時變了臉色，不安地和朋友們互相交換眼色。
「妳是掉進水溝裡喔？」易辰光又問。
不知道爲什麼，我有種感覺，倘若此刻我說出這是林千卉她們做的好事的話，就算全班都不信我，易辰光也一定會相信。

可是那又如何？即使我說出眞相，即使易辰光相信我，事情的發展也不會比較好，所以我仍舊保持沉默。

「既然鞋子溼了，就別穿了吧。」易辰光說完，將我按在椅子上坐下，逕自抬起我的腳，脫下我的鞋襪。

「你幹麼！」我大叫，周圍圍了一圈看熱鬧的人，就連張又仁也放棄管控秩序了。

「溼了就別穿，妳不怕得香港腳嗎？」

下一秒，他竟將我的鞋襪往窗外一扔，像是丟棄什麼髒東西一樣。

「啊！」全班驚呼，對易辰光的舉動瞠目結舌。

「你瘋了？那我要穿什麼！」我簡直不敢相信。

「我有一雙多的球鞋放在學校，」他跑回座位，從椅子下拿出一個灰撲撲的袋子，裡面放著一雙深藍色的籃球鞋。「這給妳穿。」

好，易辰光不僅是個白目，更是個徹頭徹尾的大白痴。

「我不要。」

「不然妳要穿什麼？」

「所以你根本就不應該亂丟我的鞋子！」我生氣地說。

「好啦，妳先穿上，等等我陪妳下樓去找行了吧。」他抓著我的腳，強硬地爲我穿鞋，我奮力抵抗。

誰稀罕你陪我找鞋子啊，你扔的你自己去找！

也許是這畫面太過奇特，班上同學都傻愣愣地看著我和易辰光拉拉扯扯。最後老師來了，全班一陣兵荒馬亂各自回座，我也分了神，易辰光趁其不備，順利將我的腳套入他的球鞋中，然後一溜煙地回到位子上坐定，開始上課。

實在是太噁心了！誰知道易辰光有沒有香港腳或是腳臭啊？

整節課我都坐立難安，好幾次想脫掉鞋子，又覺得光腳不禮貌，掙扎老半天，還是放棄了。

一下課我立刻就想下樓找鞋，然而易辰光的鞋子我穿起來實在太大，不是普通的不合腳，走沒幾步我便摔倒在地，想當然耳又引起一陣大笑。

易辰光在我身邊蹲下，爽朗的笑聲在我頭頂響起，「走吧，我帶妳去找鞋。」

今天眞的好倒楣！我的鼻頭好酸好酸，眼淚無聲滑落，或許是因爲看見了我的淚水，易辰光止住笑，居然伸手輕拍我的頭。

「這樣就哭了？」他說得很小聲，小聲到只有我聽得見。

我抬頭迎向他的目光，他那只有我能看穿的陰暗眼神裡，好像多了一抹不同以往的情緒。

「女生總是很容易哭。」他喃喃自語。

我氣極了，控制不住情緒地捶了他一下。他訝異地看著我，同時我也被自己嚇到，想不到有一天我會在學校動手打人。

「這是不是叫做兔子急了也會咬人？」他揉揉我的頭髮，眞誠地笑了。

易辰光將我拉起身，順勢搭上我的肩膀，別有深意地多看了林千卉那群人好幾眼，「曦文是我的寵物，打狗也得先看主人啊。」

班上一片嘩然，林千卉那群人則刷白了臉。

「誰是你的狗……」我微弱地抗議。

「狗可是人類最忠實的好朋友呢。」易辰光又笑起來，拉著我走出教室。

穿著過大的鞋子，無法走太快，但我的心臟卻跳得飛快，望著易辰光的後腦杓，我不斷回想他剛剛說的話，他是眞的知道林千卉她們欺負我，還是只是隨口亂說？

我的胸口塞滿某種不知名的情緒，幾乎要滿出來了。

「嘿，找到了。」他指著花圃上的兩隻黑色學生鞋，跨過圍欄撿拾起來，「還有襪子。」

我從他手中搶過鞋襪，皮鞋還是溼的，我找了個地方，將皮鞋晾在大太陽底下曬乾，自己則坐到一旁樹下。

易辰光聳聳肩，在我身邊坐下。

誰也沒開口，只是靜靜看著天空。

上課鐘響起，我拍拍裙子想回教室，易辰光卻握住了我的手。

「幹麼？」

「蹺課吧。」

「我不要。」

「偶爾一次不會怎樣，而且這一節是小不點老師的課，她從來都不點名，一定不會發現我們不在。」

我搖頭，卻掙脫不了易辰光的手。

「那蹺課要去哪裡？」我無奈地問。

「我想吃枝仔冰。」

「合作社又沒有賣枝仔冰。」

「去上次遇見妳的那間雜貨店買呀。」

我張大眼睛，「你要在上課時間離校？不行不行！」

「曦文，不然妳以為我們就待在這裡看看天空，聽聽鳥叫嗎？那也太無聊了吧。」

「那間雜貨鋪就在我家隔壁，萬一被我媽看見怎麼辦！」

「那正好，妳可以回家換雙鞋，這樣我們就不算是蹺課，而是有正當理由離校。」瞧他說得義正詞嚴的，我莫名地接受了這賴皮的藉口，或許我內心也想要叛逆一次吧。

那年我十三歲，第一次蹺課，也是我人生中唯一一次蹺課。

「眞期待呀，我從來沒有蹺過課。」他吹了聲口哨。

「我才不相信。」開學以來，我不曾留意過班上同學的動向，自然對易辰光的說詞無從反駁，不過見他如此熟練老道，分明就是個蹺課慣犯，只是幸運沒被抓到罷了。

「我用生命發誓。」他搞笑地將右手放在心口，左手卻偷偷伸到背後比了個叉，以爲我沒看見嗎，哼！

蹺課沒有我想得那麼困難，至少不用學動漫主角翻牆而過，學校後門那面牆自從年久失修倒塌後，一直沒有招標重建，只是以鐵絲網草草圍起，時間一長，鐵絲網底下破了個大洞。

易辰光示意我跟著他一起鑽狗洞出校，他率先從鐵絲網穿過，不小心被鐵絲勾破了肩上的衣服，我則靈巧地穿過，動作熟稔得不像是第一次。

看著易辰光目瞪口呆的表情，我竟感到有些驕傲。

「妳真不愧是狗……」他話還沒說完，我已經重重踩了他一腳，他哇哇大叫，卻沒有真的生氣。

穿著制服大白天在路上晃蕩，讓我覺得很彆扭，不停地東張西望，深怕有人衝上前來問我爲什麼蹺課。

「態度正大光明一些就不像蹺課啦！」易辰光拍拍我的背，要我抬頭挺胸。

途經一座天橋時，他忽然停下腳步，我疑惑地望著他。

「我家就在對面。」他指向隔著一條大馬路的對街，「每天上下學都要走天橋，好累，眞希望有一條斑馬線可以直接穿越，我就不用再爬樓梯了。」

「不可能，這條路車流太多，每年都有人違規穿越馬路發生車禍，就是走天橋比較安全才不設斑馬線啊。」

「因爲如此才更應該設置斑馬線，假使這裡有一條斑馬線，就不會有人違規穿越馬路，政府要多想想啊！」

我撇撇嘴，不予置評，他說得如此氣憤塡膺，不過是懶得爬樓梯。

「你家在哪裡？」

「對街直走第二條巷子右轉，有一間紅色屋頂的房子，那就是我家了。」

我遠遠眺望，還眞的隱約瞥見一棟符合描述的房子。

「妳要先回家換鞋還是要先吃冰？」彎進我家巷子前，易辰光問。

我想了想，還是先吃冰好了。

跟雜貨店阿婆買了兩枝枝仔冰，阿婆都七老八十的人了，還是很清楚學生的作息，關心地詢問我們怎麼這時候沒在學校上課。易辰光在長輩面前就會裝乖，推說因爲我不小心掉進水溝裡，他報告老師後特地陪我回家換鞋，否則穿著溼鞋不舒服，只是阿婆的枝仔冰太好吃了，所以就停下來買。

易辰光嘴甜，逗得阿婆心花怒放，我情不自禁翻了翻白眼，少了劉海的遮掩，易辰光將我的表情變化看得一清二楚。

「要笑啊妳，不管內心多麼不屑，臉上都一定要有笑容。」

「那樣好假。」

「這社會就是這樣，滿臉堆笑的壞人比一臉大便的好人吃香多了，沒聽過伸手不打笑臉人嗎？」

同爲十三歲的易辰光，一臉嚴肅地跟我討論起這種事，看著這樣的他，我心中的感覺很微妙。

「其實我算過，」他突然轉了話題，「我每天經過的那座天橋，光是爬上去，單程就有四十三個階梯，上下學各上下一次，我每天就要上下一百七十二個階梯。」

「所以？」我有些茫然，不知道爲何話題又扯回天橋上。

「我現在腿很痠，需要坐下來休息一會。」他浮誇地搥打按摩小腿。

「曦文？」

我正想吐槽他，卻聽到一道熟悉的聲音，整個人嚇得從雜貨店前的圓凳上跳起來。

「媽、媽媽！」

「妳怎麼……」媽媽狐疑地瞥了眼易辰光。

「您好，我是曦文的同班同學，名叫易辰光。」他露出一個陽光開朗的笑容，連媽媽都被他的笑感染，神情溫和不少。

「你們這時間怎麼會在這裡？」媽媽問。

我緊張得說不出話，我才訝異媽媽怎麼會外出，她這時間應該是在家裡收看重播的連續劇啊。

「是這樣的，我爲花圃澆水的時候，不小心弄溼曦文的鞋襪，下午還有半天課，我怕曦文覺得不舒服，所以陪同她回來換鞋，當然，我們有跟老師報備過。」

以上這套說詞，我跟媽媽一樣，都是第一次聽到，我努力克制自己別露出異樣的表情。

「這樣啊……那曦文怎麼不打個電話回來，媽媽幫妳把鞋襪送去學校就好了啊。」

「呃……」我遲疑著該怎麼解釋，目光朝易辰光瞄去。

接收到我求救的訊號，他立即接話：「眞是不好意思，我們一時太著急，沒想到還有這個辦法，等曦文想起可以請您幫忙時，已經走到雜貨店了。爲了向曦文賠罪，我買了枝冰請她。」

亂講！買冰的錢是我付的！

「不用這麼客氣，阿姨還要謝謝你，麻煩你陪曦文跑一趟。」媽媽眼中帶著對易辰光的欣賞。

喂喂！媽媽，妳被一個十三歲的小壞蛋騙了，還跟他道謝啊。

「曦文，先回家換鞋襪吧。」媽媽又說。

「那我在這邊等妳，不好意思，給您添麻煩了。」易辰光還鞠了躬。

「他不是妳男朋友吧？」一回到家，媽媽劈頭就問，我連忙用力搖頭，她還接著補上一句，「長得還不錯，性格也好。」

媽！就說妳被騙了！

媽媽呶呶嘴，「妳腳上穿的是人家的鞋吧？」

「是他、他強迫我穿的。」我囁嚅道。

「頭髮也是他要妳剪的？」媽媽一猜即中，我頓了一下，先是搖頭，然後又點頭，媽媽沒再多問，嘆了一口氣，拿了雙白襪子給我。

「好了，快回學校上課吧。」

我突然想到，「媽，妳這時間不是都在家裡看電視嗎？怎麼會出門？」

「還不是雜貨店的阿婆打電話跟我說妳在談『亂愛』。」媽媽模仿阿婆的語氣，「戀愛的台語就是『亂愛』，妳才十三歲，別亂交男朋友。」

「就說不是男朋友了。」我無力地解釋，沒想到阿婆還真八卦，竟第一時間打電話告狀，社區聯絡網實在太可怕了。

我換上自己的布鞋，將易辰光的臭球鞋噴上芬香劑後，才放進塑膠袋。步出家門，就看見易辰光坐在雜貨店前面發呆，眼神放空，表情陰沉，跟我前幾天見到的他一模一樣。我緩緩走到他面前，他猛地回神，對著我露出一個勉強的笑容。

我將手上裝著球鞋的袋子遞給他，他眉頭一皺，「妳噴了香水？」

「是芳香劑。」

「難道妳有腳臭……」

我再也忍不住，不等他說完，就揍了他的肩膀一拳。

「再二十分鐘下一堂課就要開始了，我們快回學校。」我轉身就要走，他卻拉住我，一臉不懷好意。

「林千卉那樣欺負妳，妳不打算回敬一下？」

原來他眞的知道林千卉對我做了什麼事。我睨了他一眼，我爲什麼會被欺負，難道這個人一點也沒有自覺？

「不用了，冤冤相報何時了。」別說我沒那個膽，我更怕報復回去後會被變本加厲地針對，她們是一群人，而我只有一個人。況且，剛剛易辰光還當著全班的面，說什麼我是他的鬼寵物，林千卉不恨死我才怪。

「妳明明才十三歲，講話卻老成得要命。」

你不也十三歲，內心的陰暗像是累積了好幾輩子那樣濃厚。

「這句話奉還給你。」

「那妳就當作不知道吧，一切都是我做的。」他揚起賊壞的笑容，往學校的方向走去。

就快要回到學校了，易辰光卻拐彎走進一間五金雜貨幾乎什麼都賣的大型超市。我愣了下，隨即跟上他的腳步，看著他來到用品區，在油漆架前來回踱步。

「你要幹麼？」

「妳猜？」他故作神祕，擺明了要我問他。

「不說就算了。」所以我這麼回。

「眞無趣。」他輕哼了聲，「給妳個機會，選個顏色吧。」

雖然不知道他要做什麼，我仍無可無不可地選了黑色。

易辰光不甚滿意，「我也喜歡黑色，但不能用黑色，要亮色系，白或黃選一個吧。」

「那你自己決定不就好了。」

「問問意見不行嗎？」他笑著拿起一桶白色油漆去結帳，我追問他到底想幹麼，他說是爲了粉刷花圃的圍欄。

「你是說你把我鞋子扔進去的那塊花圃？」我的鞋子現在還放在花圃邊上曬呢。

「是啊，那是我負責的外掃區，我想重新油漆花圃圍欄，白色的圍欄不錯吧？」

「看不出來你還會做這些。」

「我會做的可多了。」

我們提著油漆桶回到學校，這次鑽狗洞的時候，易辰光已經很小心了，但他的衣服又被勾破了一個洞，我忍不住嘲笑他，在他面前我好像越來越自在了。

我朝他伸手，「衣服脫掉。」

他瞪大眼睛，雙手交叉護住胸前，「曦文妳好大膽，光天化日之下要我脫衣服，這個地點不好啦，我建議到體育館那邊比較沒有人……」

「你在耍什麼白痴啦！我是要幫你補破洞！」被他的玩笑話說得有些臉紅，我從口袋掏出簡易的縫紉工具向他示意。

「嘿，妳居然會隨身帶這種東西。」

「怎麼可能？這、這是我剛剛、剛剛回家順便拿的。」我說得有些結巴。

易辰光衝著我露出一個溫暖的笑容，我的臉像是燒了起來，變得熱熱燙燙的，我迴避他的眼神，接過他脫下的襯衫。

蹲坐在校園一角，我慢條斯理縫補他衣服上的破洞，易辰光身上剩下一件黑色的T恤，坐在我身邊看著天空發呆，我卻不時被他吸引。

意力。

在明亮的天空下，穿著黑衣的易辰光，神情卻深沉得堪比宇宙黑洞，吸引我所有的注意力。

「曦文，動作快一點。」

他突然喊我，嚇得我手一抖，手上的針戳中了左手食指，不禁痛呼失聲。

「妳在幹麼啊？」他湊過來察看我的傷勢，這一下刺得不輕，手指慢慢滲出了血珠，他竟握起我的手，張嘴含住我的食指。

「啊！你在做什麼！」我驚慌地大喊，「你、你髒死了！」

他鬆開我的手，一點也不在意地拿起他的襯衫看了看，「曦文，妳縫得好醜喔。」

「我又沒說自己很會縫衣服！」我惱羞成怒，「你不要轉移話題，我是在問你剛剛幹麼舔、舔我的手！」

「因爲妳流血了啊。」

「你這樣很髒欸，還有，你就不擔心我有什麼病嗎？」

「妳有愛滋病嗎？」他問。

「沒有。」

「B型肝炎？」

「沒有。」

「那不就好了。」他穿上襯衫，覺得我大驚小怪，「我流血的時候，我爸也會這麼做。」

「好怪。」我沒多想便脫口而出，「難道你媽也會這樣？」

「不，她覺得我的血很髒。」

「你看吧，你就不應該亂舔別人的血，不衛生！」我又說，而易辰光只是回我一個很淡的微笑。

「曦文，我們快點回教室吧。」他抬頭看天空。

我不解地瞄了眼手錶。「怎麼了？還不到下課時間啊。」

「不，是快下雨了。」

「現在？太陽這麼大耶。」

「我聞得到雨的味道。」他信誓旦旦地說。

這一次我沒有懷疑，我們快步跑回教學大樓，果不其然天空開始轉陰。

「未來你可以考慮當氣象專家。」我咕噥，他不置可否地笑。

還是上課時間，作爲蹺課的人，我們屏氣凝神，躡手躡腳上樓。走到一半，我突然想起皮鞋還放在花圃邊忘了收，便揮手示意易辰光先走，自己急急忙忙回頭找鞋。

沒過幾分鐘，下課鐘聲響起，同時天空飄下了雨絲，我抱緊鞋子衝回教室走廊，一秒之差，刷地一聲，我的身後降起傾盆大雨。

易辰光簡直比氣象局還要神。

我的皮鞋已經乾得差不多了，可見夏天的太陽有多毒辣，我一面慶幸趕在大雨前取回鞋子，一面走向教室，遠遠就看見林千卉和她那群朋友出現在走廊另一端。

她們一看見我，立刻氣沖沖地跑來質問我：「妳剛剛和阿光去哪了？」

「回家換鞋子。」我其實心裡有些害怕，臉上卻不敢表露，但我這副面無表情的樣子好像更激怒了她們。

「我警告妳！不要跟阿光……」

「曦文，還不進來？」易辰光半身探出窗戶，露出笑容對著我喊。

「喔。」我乖乖應了聲，就像是他的狗一樣。

林千卉氣不過，又拿我沒辦法，一群女生跟在我後頭，進門的時候故意加快腳步，用力撞開我走進教室。

「妳看，下雨了吧。」易辰光扶住我，一臉得意。

而我卻注意到教室裡有一股奇怪的味道，「這是什麼……」

「啊！」林千卉的尖叫聲劃破空氣，瞬間聚焦了所有人的目光。

「這、這是什麼東西啊？」她大驚失色地扯著自己的裙子，臀部的位置沾染了一片刺目的白色。

我猛然會意過來，難以置信地看向易辰光，「你不要告訴我……」

「嘿，聰明的狗兒果然會和主人心意相通。」他自負地揚起下巴。

哼！我才不是他的狗，不過看在他幫我「報仇」的份上，我就不跟他計較了。

方才趁著還沒敲鐘，所有人還在視聽教室看影片的時候，易辰光溜回教室，在林千卉的椅子塗上了白色的油漆。林千卉一時不察坐下，白色油漆在她深藍色的百褶裙留下了明顯的印子。

林千卉又哭又叫地瞪著班上每一位同學，此刻的她，完全不若平日的嬌俏可人。她一度懷疑是我做的好事，惡狠狠地看了我好幾眼，但又沒有證據，只能作罷。

當天下午，林千卉便哭哭啼啼地請假回家了。

那時的我不會想到，在不久的將來，我會和林千卉親密地聊起這件事，她說，比起在全班面前出糗，更讓她傷心的是，她在打掃櫥櫃裡找到一桶白色油漆，上面用奇異筆寫著易辰光的名字。

也就是說，她被自己喜歡的男生整了，而且那男生還不避諱讓她知道。

被惡整的同時，林千卉也失戀了，她請假回家不是因爲裙子髒了，而是想要回家大哭療情傷。

那時的我也不會想到，林千卉將變成我國中時代最好的朋友。

第五章

明明只是打發時間的音樂課觀影活動，小不點老師卻堅持要大家繳交心得報告，偏偏我和易辰光一同蹺掉了那堂音樂課，根本沒看到影片。

望著一片空白的稿紙，完全不知如何下筆。

易辰光說隨便寫幾句「這部片眞好看」之類的帶過即可，我卻不想虛應故事，正愁不知道該如何是好時，林千卉主動提議要替我們向小不點老師借DVD。

自從上次林千卉遭易辰光惡整後，她對待我的態度丕變，不再處處針對我，她的朋友們也不再找我麻煩，甚至偶爾還會和顏悅色跟我聊上幾句。

我想我知道原因。

「曦文，老師說只能借到下星期一，你們這星期就要輪流找時間看完喔。」林千卉笑容滿面地將DVD遞給我，還瞄了易辰光好幾眼。

「跟妳說隨便寫寫就好，幹麼那麼認眞。」易辰光伸手接過DVD，林千卉臉上一紅。

「上課了，快回座位。」張又仁在台上說，眼睛直直地看向我們。

「謝、謝謝。」我拉著林千卉的手說。

「不客氣啦！」她笑了，目光依然停留在易辰光身上，像是期盼能再和他多說上幾句話。

「那曦文，週末一起看電影吧。」易辰光並不搭理她，只對我說話。

換我偷瞄林千卉，發現她不再像過去那樣因爲嫉妒而表露出驚怒，只是神色失落地安靜回座。講台上的張又仁則是板著一張臉，彷彿有人欠了他幾百萬的樣子，毫不留情地在黑板上記下我和易辰光的座號。

下午的體育課，易辰光又蹺課了。最先發現他不在的是林千卉，她還走過來問我他去哪裡了，要求我去找他。

我問林千卉怎麼不自己去找，她只回了我一句：「妳去才有意義。」

誰去找易辰光還不是一樣？哪有什麼意義？

我勉爲其難地走在校園中，一邊祈禱不要遇到巡邏的老師，一邊跑了好幾處地方，卻始終沒有看見易辰光的身影，忽然靈光一閃，他會不會在花圃那邊呢？

易辰光說到做到，眞的找了時間重新粉刷過花圃圍欄，嶄新的白色圍欄在陽光下閃閃發亮，就像是童話裡的祕密花園。

還沒走近，我就聽見水流噴灑在泥土地上的聲音，易辰光手上握著水管，背對著我蹲在花圃邊，日光停駐在他的褐髮上，反射出漂亮的光芒。

明明是烈日當空，可是我卻感覺獨自蹲在這裡的易辰光全身被陰影籠罩。

「你在這幹麼？」

「澆花啊。」他沒有回頭。

我蹲到他身邊，似是感覺到他的身體輕微地瑟縮了一下。

「林千卉在找你，她說你蹺太多堂體育課了。」

「哦？妳們現在變成好朋友啦？」

「才沒有。」

「難道她還在捉弄妳？」

我搖頭，將臉埋在雙膝之間。

林千卉欺負我是因爲易辰光，不再欺負我也是因爲易辰光。

她是個聰明人，她看得出易辰光明顯護著我，她若繼續欺負我，易辰光只會更討厭她，所以她不得不改變對我的態度。

我不認爲林千卉是眞的想跟我做朋友，如果今天沒有易辰光，我將依舊是那個沒人理會、只能躲在陰暗角落的禹曦文。

不，即使是現在，我也不過是假裝站在陽光下罷了。

「幹麼又躲回自己的陰暗角落？」易辰光說，我抬頭看著他的側臉，他臉上帶著笑容，卻顯得心不在焉。

「我從來就沒走出來過啊。」我悶悶地回。

易辰光沒什麼反應，哼著歌將水灑向整座花圃，晶瑩的水珠折射陽光，是那樣的耀眼，卻還是無法驅散我倆心底的幽暗。

「易辰光。」這是我第一次叫他的名字，「你的陰暗是爲什麼？」

因爲DVD只有一片，我和易辰光說好，先讓他帶回家看，星期日他再拿到我家給我。

我們約在阿婆雜貨店前面交，順便吃枝仔冰，看阿婆結完帳後迫不及待回店裡打電話，就知道她又要找我媽告狀了。不過我出來前已經跟媽媽報備過，阿婆告狀不成，反而陷自己於尷尬，我不禁暗自得意。

「在爽什麼？」易辰光這句話讓我翻了個白眼。

「我是女生，你講話爲什麼不修飾一下？」

「我說錯了嗎？幹麼那麼計較。」他聳聳肩，將最後一口冰從冰棍上咬掉。「對了，我覺得這部片裡面有一個角色很像妳。」

「誰？」

「一個小黑胖妞。」

我的表情一定很奇怪，所以易辰光才會忍俊不禁，「不是外表，是個性，總之妳看了就知道。」

半信半疑的我收起DVD，易辰光跟我道別後便往回走，我跟在他的身後邁步，引得他狐疑地看了我一眼。

「我要去趟超市，有些東西雜貨店沒賣。」我解釋。

「我還以爲妳要送我回家呢。」

我只是用鼻子哼了聲。

易辰光陪我去超市購物，採買完畢後，還一路幫我提著購物袋來到天橋旁邊。

「我可以幫妳提回家。」

「不用了，反正也不重。」

「是喔。」易辰光爬上階梯，轉頭問我：「妳記得我說過天橋有幾個階梯嗎？」

「四十三。」

「哇，好厲害，妳居然記得。」他眼中露出讚賞，一面爬上階梯一面跟我揮手道別。

我站在天橋底下，目送他的身影逐漸遠離。

我看著他走上天橋，走下天橋，走到對街，直到他轉身走進那條有著一棟紅色屋頂房子的巷子裡，他彷彿也走進了黑暗之中，再也看不見。

那天我問他，他的陰暗是爲什麼？

易辰光愣了下，然後給了我一個難看至極的笑臉，他沒有回答我的問題，只是專注地繼續爲花圃澆水。

我和他的名字明明都含有光明的意思，但爲什麼我們名字裡的光，卻無法照亮自己？

我莫名其妙地哭了起來，就在天橋的樓梯底下，在易辰光看不到的這一端，哭得不能自己。

回家後我馬上看了DVD，劇情大意是一班普通的孩子在新老師的帶領下，走上舞台，從一成不變的生活跳到了一個從未想過的閃耀世界。

這是一齣校園青春歌舞劇，易辰光說的那個黑胖妞是一個不重要的配角，當所有人都在改變自己，勇敢唱出心中的情感時，她自始至終縮在角落，不曾開口。

就像是我，安靜、不引人注意，總是躲在自己的世界，卻又以羨慕的眼光看著台上唱歌的人們。

但我萬萬沒想到，在電影的結尾，那個始終沉默的黑胖妞竟然走向台前，告訴老師她也想要唱歌。最後在老師和全班同學的鼓勵下，黑胖妞宛若天籟的歌聲響遍舞台，令聽者感動落淚。

我深受觸動的同時不禁疑惑，易辰光怎麼會覺得我跟她很像？

我忍不住拿起電話話筒，想告訴易辰光我的感想，不過下一秒我就打消了這個念頭。雖然易辰光給過我他家電話號碼，但我從來沒打過，又不是什麼大事，特地打電話給易辰光好奇怪，不如等到明天上學再說吧。

隔天我早早起床，來到天橋下等待易辰光出現，我一直望著對街，不久終於看見易辰光慢條斯理地走出巷口。

他沒有發現我，走路的時候頭低低的，像是在數階梯，一步一步慢慢走著，整個人看起來很沒有精神。

啊，今天他又是陰影男孩。

「易辰光。」當他走下天橋時，我喊住他。

「妳怎麼在這？」易辰光揚起笑容，身上的陰霾彷彿散去了些，他腳步輕快地跑到我面前，故意裝出害羞的模樣，「莫非妳是在等我？」

我點頭，「我看完電影了。」

「如何？我就說黑胖妞跟妳很像，對吧？」他挑眉。

我悶悶地搖頭，眼眶不小心又溼了。

「我才不像她，她站上舞台發光了，她擺脫陰暗了，但是我沒有啊。」我曾經以爲是因爲我沒有朋友，在學校沒有人願意理我，我才活成了一個陰沉的人。可是現在班上同學已經不再無視我，爲什麼我還是如此消沉呢？明明我的個性就不是這麼陰鬱消極啊！

「曦文，妳影片是看假的嗎？」易辰光嘆氣，我抬頭疑惑地看著他。「喂，妳不准哭，好好聽我說。黑胖妞最後站在舞台上，是因爲她唱歌好聽嗎？還是因爲她長得漂亮？這些都不是眞正的原因吧！」

「不然是爲什麼？」

「笨蛋，重點是她『開口』了，如果她不曾主動表達想唱歌的心情，如果她不曾在眾人面前演出，誰會知道她有這樣的天賦呢？」

我恍然大悟。

「曦文，重點不是妳擁有什麼，而是妳怎麼去表達妳想擁有什麼。」
「可是、可是我不會唱歌……」我囁嚅道。
「哈哈哈，我也不會啊。」易辰光大笑，「其實妳很容易就可以甩開陰影，只要妳願意。」
他目光無比溫柔，被他的笑容感染，我也跟著笑了。
那時候，我只覺得自己的心被填滿、被溫暖的羽毛所包覆，同時我也很想哭，那樣的心情，在當時，我還不知道該何以名之。

想要改變，就要主動跨出第一步。
我明白易辰光的意思，實際做到卻很困難。這段日子以來，我剪短劉海，露出了眼睛，臉上的青春痘也在醫生的調理照顧下減少大半，我的外貌形象已經不像剛開學那樣糟糕，但我的心依然膽小怯懦。
我好幾次鼓起勇氣想跟林千卉說話，臨到開口卻又一次次退縮。
直到某次經過花圃邊，看見易辰光正在澆花的背影，我心中倏地湧現一個想法。
如果，易辰光將我從陰影中拉了出來，那我能否驅走他的黑暗？
我有這個能力嗎？

在得到答案之前，我必須得靠我自己跨出第一步才行……

心念已定，我轉過身朝正要去合作社的林千卉大喊：「林千卉！」

我的聲音大得所有人都朝我看了過來，包括易辰光。

「怎、怎麼了？」林千卉明顯受到驚嚇。

「妳、妳……」我開始劇烈顫抖，甚至有些呼吸困難，但我用指甲掐著自己的虎口，堅持把話說完，「妳願意、願意和我做朋友嗎？」

大庭廣眾之下說出這句話超級丟臉的，我緊咬下唇，努力不讓自己落荒而逃或是移開視線。

雖然林千卉欺負過我，雖然她跟我是不同世界的人，但她其實是個熱心又直腸子的女生，她喜怒分明，直來直往，如果是她，或許會願意接受我吧？

周遭人群都在看好戲，對著我指指點點，像是在嘲笑我的不自量力。

林千卉先是愣了一下，而後奔向我，朝我張開雙臂。

「哇！」她收不住力道，竟猛力撲倒了我，我們兩個一起跌坐在地上，相視而笑。

「哈哈哈哈，好像告白喔。」林千卉的臉紅撲撲的，笑得非常真誠。

我也對她露出開心的笑容，偷偷地舉起右手，向易辰光比了個勝利的手勢。

「其實一開始我對妳沒有意見，可是當阿光接近妳、維護妳，我心裡不爽，才會想要整妳。」林千卉和我坐在合作社前的長椅上喝著蘋果汁，她直率地說道。

「可是，朝妳潑水以後，我就後悔了，我發誓，我原本打算向妳道歉，但爲什麼阿光會那樣黏著妳？他馬上就發現妳鞋子溼掉了耶！他是不是太注意妳了？所以我才忍不住又繼續針對妳。」林千卉握緊拳頭，忿忿不平地搥著椅面，直爽得很可愛。

「那天我的裙子沾上油漆，我知道是阿光在整我，在那之後我便懂了，阿光喜歡妳，我不可以再欺負妳，不然阿光會生氣。」她嘟著嘴，歪頭看我，「好啦，妳長得也算是可愛啦，但有眼睛的都看得出我比較漂亮吧？阿光的審美出了什麼問題？」

「林千卉……妳其實講話挺毒的……」我無力道。

「嘿嘿，出社會後就不能暢所欲言，還是學生的我要盡量做自己。」

我聽了傻眼，當時不過十三、四歲的林千卉居然想得這麼深遠，而我沒料到的是，若干年後出了社會的自己，卻反倒比學生時代更有話直說。

「不過說眞的，阿光帥歸帥，有時候我會覺得他有點恐怖。」林千卉聳聳肩，「喂喂，妳說要跟我當朋友是眞心的吧？雖然我以前看妳不順眼，但和妳相處後，發現妳不過是個天然呆，我也是認眞想跟妳當朋友的喔。」

天啊，怎麼辦，我好高興，就因爲林千卉這一句話——

「我也是認眞想跟妳當朋友的喔。」

與林千卉互剖心跡後，我興奮地回到花圃，易辰光依然蹲坐在邊上，凝視著花圃裡那片欣欣向榮的紫色小花。

「不錯啊。」他忽然發話。

也不知道爲什麼，我什麼都還沒說，他也沒有回頭，卻知道來者是我。

「我超級感謝你！」我一直欠他一句謝謝。

「感謝我什麼？」他轉頭看我，嘴角勾起。

「我不是黑胖妞。」我蹲到他身邊，「黑胖妞很勇敢，沒有任何人幫她，她是靠自己的勇氣走上舞台，可是我不一樣，如果沒有你一直死纏爛打，我根本不敢跨出這一步。」

「死纏爛打那種形容就免了。」易辰光笑了。

「總之，曾經我很陰沉，但因爲你的關係……嗯，我這樣比喻有點噁心，卻是我內心眞實的想法。」

「說啊，扭捏什麼？」他推了推我。

「我名字裡的『曦』字代表晨曦，但那點微弱的光輝，無法照亮我的生活，是你爲我的人生帶來耀眼的陽光。」我有些不好意思，兩根食指絞在一起，「我的意思是，一個人的光也許不夠，但兩個人的光可以驅走所有黑暗，所以這一次……」

我抬頭望向他，卻突然噤聲，易辰光正以一種前所未見的柔軟眼神看著我，讓我忘了想要說的話。

「曦文，謝謝妳。」

我有一股想要哭的衝動。

我趕緊移開視線，偷偷擦掉眼淚，不讓易辰光看見。

他說過，他討厭女人的眼淚，我明白他不是因爲無法招架才這麼說，他就是單純地討厭。

「那是什麼花？」爲了轉移易辰光的注意力，我隨口將話題轉到面前的紫色小花上，「欸？只有你花圃裡的花品種不一樣，其他花圃種的都是日日春。」

「因爲這是我的花圃啊。」易辰光一副理所當然的樣子，「妳看過這種花嗎？」

「沒有，挺漂亮的，小小的一朵，好像很脆弱？」正是盛開綻放的時節，然而泥土地上卻散落著許許多多的花瓣。

「是很脆弱，一碰花瓣就掉了，而且還難養，不好種。」

「那你幹麼還種？種子也是你自己花錢買的？」

他點頭，「因爲我喜歡這種花，即使百般呵護，卻還是不堪一擊。」

忽然間，易辰光的眼神變得沒有溫度，冷冷的，也沒有任何感情。

「阿光帥歸帥，有時候我會覺得他有點恐怖。」

或許林千卉說的，就是現在這種時候吧。

但我不覺得害怕，看他面無表情地說出這種冷漠的話，竟讓我覺得悲傷。

「這是愛情花。」他對我露出一個淺淺的笑容。

放學時，他摘了一小束愛情花送給我，我們兩個並肩走在回家的路上，夕陽將我們的影子拉得老長。

等我們走到天橋邊，那一小束愛情花的花瓣已經掉落大半。

「看吧，就說這種花不堪一擊。」易辰光用鼻子哼了聲。

「我明明很小心捧著它。」我有些惋惜，我只是像平常那樣走路，把花束捧在胸前，並沒有大力搖晃，花瓣卻還是會掉落。

「愛情就是這樣啊，就算小心翼翼地捧在手心，但能不能維持誰也說不定。」易辰光走上天橋。

「愛情不應該是像煙火那樣燦爛美好嗎？」

「曦文，妳說話很成熟，思想卻還是個國中生。」他停下腳步，好笑地說。

「我是國中生沒錯啊，順帶一提，你也是國中生。」我不服氣道。

「那我問妳，煙火綻放過後，剩下些什麼？」他斜斜地靠在扶手上，居高臨下地看著我。

「嗯……消散的白煙吧。」

「這就對了，愛情燃燒過後，剩下的只有污染空氣的煙霧，和黑暗的天空，這就是愛情的真面目。」他冷冷地說，「差點忘了，還有空虛，名為煙火的愛情，只能擁有短暫的美麗。」

「易辰光，你是經歷過什麼悲慘的戀愛嗎？為什麼對愛情這麼悲觀？」我皺眉，漫畫和電視劇裡的劇情都不是這種走向啊，王子和公主最終都會走向幸福快樂的結局。

「我沒談過戀愛，但是我看過。」他轉過身背對著我，似是不想再多談。

「光看就夠了？」

「光看就夠了。」他回過頭，臉上又帶著那種虛偽到不行的假笑。

「易辰光，如果你不想笑，就不要笑，至少對著我時，你可以展現眞實的自己。」我難得嚴肅地說。

易辰光有些訝異，好像想說點什麼，最後只是聳聳肩。

「或許改天，我可以跟妳說一個愛情故事。」他斂起笑容，像是築起了一道牆，我卻覺得，這才是他最眞實的樣貌。

「好。」我捏緊手中的愛情花束，好希望殘缺的花枝可以恢復原本的模樣，但我自己也知道這只是妄想。

易辰光對我說了再見，繼續緩緩走上天橋，我站在原地，看著他走到天橋的頂端後再次朝我揮手。在這一刻，我暗自下定決心。

易辰光，我想幫助你，如同你幫助我那樣。

一個人的光也許不能照亮自己所有的陰暗面，但如果是兩個人呢？即便我所能散發出的光是如此微弱，我也想要試著努力照亮你。

如果能驅散你所有的不安與悲傷，如果能帶走你的陰影，是不是你就能露出眞正開心的笑容？

那時候的我，只是單純地想要幫助你，卻沒想到，藏在你背後的陰影如此巨大，幾乎影響了你，也影響了我的一生。

後來的我若是回到那一天、那一瞬間，或許我會認同你所說的，愛情最後剩下的，只是一片黑暗。

第六章

愛情花果然在一個星期內就凋謝光了，我很盡力想延長它的生命，卻徒勞無功。

「跟它的名字一樣啊。」姊姊一面刷牙一面說，「愛情這種東西，就算費盡心力想要守護，但壽命到了就是到了，再怎麼希望它長久，它就是死了。」

「妳先把嘴裡的泡沫吐掉吧，噁心死了。」我忍不住翻白眼，結果這個噁心的姊姊居然把泡沫吐到我身上，爲此我們又打了起來，直到媽媽氣得動手揍人才停下。

我將早上的鬧劇分別告訴易辰光和林千卉，兩人的反應很不一樣。林千卉先是煞有介事地認同老姊所言，接著一臉悲戚地問我，爲什麼她這麼漂亮，每次喜歡上一個人卻都無法修成正果？

我哪知道爲什麼，隨口回：「可能妳就像玫瑰花一樣吧。」

「一樣充滿危險的女人香嗎？」

她在講什麼外星語？

「就是很漂亮，但普通人不敢伸手去摘，因爲玫瑰帶刺。」

林千卉聽完挑起一邊眉毛，「我喜歡這個說法。」

而當下課我和易辰光站在花圃前澆水時，我把同樣的事情也對他說了一遍，他聽了卻是哈哈大笑，問了我老姊的年齡，我回答他，老姊今年要考大學，正值多愁善感的時期。

「妳姊說的沒錯啊，只是說法很少女。」

他講得好像我們不是青少年似的，明明我們就比老姊還小啊！才十三，嗯，快十四歲了。

「對了，你之前說要告訴我一個愛情故事，現在可以說了嗎？」

「現在？」易辰光看了手錶，「就快要上課了。」

「下一節是小不點老師的課，沒關係啦。」

他瞇起眼睛，壞笑著說：「哦，禹曦文學壞了，竟然要蹺課？」

「才不是蹺課，我讓千卉幫我跟老師請假，說我因爲生理痛去保健室休息。」

「生理痛？可惡欸！妳們女生都能用這種理由，那我呢？我怎麼辦？妳都沒爲我這主人著想。」

「你又不是沒蹺過課，而且你才不是我的主人！」

我們一來一往地鬥嘴，易辰光笑得開懷極了，「妳其實很會講話啊，我是說，很會吵架。」

「可能是被老姊訓練出來的吧。」我聳聳肩。

「妳之前表現出來的形象居然可以這麼沉默安靜，眞是難爲妳了。」

「因爲你的關係，所以我才……謝謝……」我沒來由地臉上一紅，一句話說得坑坑巴巴，索性別過頭不說了。

「說下去啊，因爲我所以怎樣？」易辰光打趣地笑，臉湊到我跟前。

「我之前已經說過了，好話只說一遍！」我推開他，走到他的花圃前蹲下，盯著愛情花看，卻克制不住耳根發燙。

「眞小氣。」他的聲音帶笑。

這時鐘聲響起，在附近遊蕩的其他學生紛紛返回教室，而我依然盯著愛情花，易辰光也坐在我身後的長椅上沒出聲。

寂靜的空氣在我們之間蔓延，我終於忍不住轉過身，卻看見易辰光仰躺在長椅上，走近一看，他閉著眼，長長的睫毛在他臉上投下陰影，柔軟的髮絲肆意地覆在額頭，令人想要伸手觸碰。

他是睡著了嗎？

「我喜歡黑色，卻很怕黑暗。」他忽然開口，我嚇了一大跳。

「你沒睡著？」

「晚上睡覺我一定要開燈，我害怕當我睜開眼睛，看到的是一片黑暗。」他沒回我，自顧自地說下去，「可是在白天，即便閉上眼睛，還是可以感受到光線灑落在眼皮上，所以我很喜歡在白天，尤其是太陽最大的時候，躺在頂樓睡覺。」

「這就是你偷偷打了一副頂樓鑰匙的原因嗎？爲了在陽光下睡覺？」

所以他才會常常蹺課？

他張開眼睛，坐起身來，表情一片空白，那是我希望他在我面前展露的最眞實的模樣。我知道接下來他所說的大概會是他埋藏在內心深處的心裡話，於是我坐到他旁邊，安靜地等待他開口。

「我看過一則新聞，大象媽媽在生下小象後，居然想要踩死小象，最後是人類介入，將牠們母子分開，小象哭了很久，牠不明白爲什麼媽媽想要傷害自己，而被迫與小象分離的大象媽媽則是絕食以示抗議。」

我對這新聞有印象，雖然不解他提起這則新聞的用意，但我盡量不插嘴。

「除此之外，也有熊媽媽將孩子撕成碎片的新聞，妳知道爲什麼嗎？」

「不可能是……不愛孩子吧？」我遲疑地答道。

易辰光苦笑，「因爲母熊的身體被人類開了一個洞，並且讓牠穿上防止自殺的鐵衣，關在鐵籠裡，每天被抽取膽汁，沒有麻醉，母熊生不如死的痛苦哀鳴，人類充耳不聞。某天母熊奮力掙脫鐵籠，第一件事就是去撕碎自己的孩子，不讓孩子有一天遭受同樣的痛苦。」

「天啊……」我捂住嘴，人類眞的太殘忍，爲什麼要做這種事？

「我認爲象媽媽會想踩死小象，也是不想小象痛苦，妳覺得呢？」

「……我、我不知道，我還不是媽媽，不懂『媽媽』會怎麼想，可是擅自剝奪孩子的生存權利，這種殘酷的行爲跟人類有什麼兩樣？小象不是哭了嗎？牠不懂爲什麼媽媽要殺牠，牠當下所受到的是來自母親的傷害。或許象媽媽是因爲愛小象才這麼做，但牠的愛太沉重了……我不知道、眞的不知道。」我說得語無倫次，咬著下唇，對於無法好好表達的自己感到生氣。

「我以爲，那是極致的母愛，在生命的最初，就讓媽媽殺掉了，免於面對世間的苦痛。」

我震驚地看著他的側臉，我們現在講的是動物，還是他？

「可是這樣就看不見世界的美麗了！」我幾乎是尖叫著說完這句話。

「但是這世界是一片黑暗啊。」易辰光輕聲說。

我突覺一陣頭暈目眩，我一直以爲是外界的黑暗籠罩了他，卻沒發現，黑暗原來源自他的內心深處。

不是黑洞吞噬了他，而是他本身就是黑洞。

我趕忙抓住他的手，易辰光有些木然，過了半晌才反應過來看著我。

「還有我啊。」我想也沒想便說。

「曦文，妳是活在光明世界的人，有愛妳的家人、朋友，還有會關心妳的鄰居。」他苦澀地笑了，「妳怎麼確定，小象哭是因爲媽媽要殺牠，而不是在傷心爲什麼自己沒死？」

以易辰光爲中心的黑色漩渦幾乎要淹沒我，我那微弱的、小小的光芒，根本無法穿透深不可測的黑暗。然而我更加用力地緊握了他的手，專注地望著他，如果我放棄了，他永遠都將獨自身陷在黑暗裡。

「我會冷！」

「什麼？」風牛馬不相及的一句話讓易辰光愣住了。

「我說我會冷，我們上頂樓去！」我不顧他的意願，拽著他的手就走。

此時此刻，我無力將易辰光從黑暗拉出來，但我希望他能夠感受到溫暖的陽光將他包圍。

一路衝上頂樓，我擅自從他褲子口袋翻找出鑰匙，打開大門，奮力將他推出門外，然後關門上鎖！

「第一次有女生這樣強迫我，還把手伸進我褲子的口袋，我是不是要喊救命？」易辰光還有心思開玩笑，我白了他一眼。

初夏的太陽威力不容小覷，站在毫無遮蔽的天台，我的額頭漸漸開始冒汗，但我現在就是需要這樣的光和熱，才能照亮一切。

「易辰光，坐這邊。」我席地而坐，屁股和大腿幾乎要被高溫的地板燙傷，我拍拍旁邊的位置，要易辰光也坐下來，他猶豫了一會兒，才坐到我旁邊。

「太陽好大，很熱欸，我屁股都要燙熟了。」他抓著衣領搧風。

「這麼熱才好！」我瞪他。

「妳不怕曬黑嗎？」

我用力打了他一下，「快說那個愛情故事給我聽。」

「曦文，妳好凶喔……」他可憐兮兮地看了過來，明白我是認真的之後，他收起所有的情緒，低垂著眼，沉默了好一陣子才再次開口。

「很久很久以前，男人和女人談了很久的戀愛，兩個人愛得難分難捨，非對方不可，所以他們結婚了，眞是可喜可賀！」

乍聽之下，我以爲易辰光又在開玩笑，但他的語調和神情在在表現出不是那麼回事。

「不過，在結婚之前，當他們都還是學生的時候，女人曾經爲男人墮胎，那是一次意外，他們還沒有能力成爲一對父母，便協議決定打掉孩子。這件事並未影響兩個人的感情，最後他們還是結婚了。

「婚後過了兩年蜜月期，他們準備好迎接新生命了，剛開始他們想順其自然，可是試了很久，就是無法順利懷上孩子，就這樣又過了兩年，他們去醫院檢查，發現因爲年輕時那次打胎造成子宮受損，女人自然懷孕的機率變得很小。

「現在醫學這麼發達，他們試了很多方法，卻都是白費力氣。妳不覺得很諷刺嗎？年輕時不想要孩子，選擇自私地打胎，等時候到了，想要孩子了，卻因爲年輕時的過錯導致無法懷孕。」

「嗯……也許當時有很多考慮的因素吧……」

易辰光不屑地笑了笑。

「後來這對夫妻太想要孩子了，便找了代理孕母。」

「這不是違法嗎？」台灣並沒有核准此項做法。

「是啊，台灣代孕不合法，但那對夫妻有錢。女人是子宮受損，卵子沒有問題，所以他們將男人的精子和女人的卵子植入代理孕母的子宮，十個月後，孩子出生了。

「那對夫妻初爲父母，幸福地過了一年，沒想到孩子滿週歲的那天，從樓梯上摔下來，頭撞破了，血流不止，緊急被送到醫院，代理孕母不知道哪來的消息，也出現在醫院，說是擔心小孩。這使得女人有了危機意識，以爲代理孕母是來搶孩子的，即便孩子與自己血脈相連，卻是從代理孕母的肚子裡生出來的。

「女人不讓代理孕母接近孩子，直到對方從醫院離開，女人才稍稍放心，不料卻透過窗戶瞥見男人和代理孕母在醫院外的人行道上交談，男人伸手拍了拍代理孕母的肩膀，這個舉動似乎過於親暱了。這讓女人起了疑心，於是女人驗了孩子的DNA。」

話到此，易辰光定睛看向我，「猜得到後續的發展嗎？」

「代理孕母才是小孩的親生媽媽？」

他嘴角泛起笑意，「沒錯，曦文果然很聰明。」

「可是男人爲什麼要這麼做，他不是很愛女人嗎？」

「是啊，就是因爲太愛她了，才沒告訴女人，其實女人的卵子也是不健康的，男人想讓女人擁有一個『自己』的孩子，所以騙了女人。」

「那個男人跟代理孕母……」我小心翼翼地提問。

「沒有，男人沒碰過代理孕母，用的是人工受孕的方式。代理孕母最後拿著一大筆錢出國了，並簽下切結書，永遠不會回來找孩子，可是呢，男人和女人之間卻產生了裂痕，明明相愛，卻互相傷害。所以我才說，愛情剩下的終究是一片黑暗。」

我感到喘不過氣來，易辰光分明近在咫尺，我卻覺得他離我非常遙遠。

「那麼，聰明的曦文，妳知道那個錯誤的孩子是誰了吧？」

淚水哽住了我的呼吸，我說不出話來，用力搖頭。

易辰光深吸一大口氣，自顧自地說：「答對了，就是我。」

「曦文，我很謝謝妳想要幫助我趕走這些陰影，但是沒有用的。妳能體會從小到大，媽媽時常沒來由地對我發飆、哭泣、怒吼的生活嗎？她一下子愛我，一下子恨我，我明白她也難受，我明白她不想這樣對我，我想愛我的媽媽，同時我又恨她。她總是把痛苦發洩在我身上，再哭著對我道歉，這樣的輪迴我體會過千百遍，那眼淚是眞心的嗎？那眼淚是爲了誰？所以我厭惡女人的眼淚。」他抬頭，茫然地看著天空，陽光普照，卻無法照進他幽暗的心口，「我不久前才得知事情的眞相，在那之後我總是忍不住會想，如果那位代理孕母，如果親生媽媽眞的愛我，就該在我出生時殺了我，那才是極致的母愛……」

我努力將眼淚憋回去，易辰光都沒哭，我有什麼資格哭。

易辰光說的沒錯，我無能爲力，我改變不了他的過去，那太灰暗，太沉重，太……令人心疼。

可是，我也不會就此放棄。

過去無法改變，只能接受。我握住易辰光的手，緊緊握著，讓他知道，就算身處一片漆黑之中，看不到光，看不到希望。

但他的身邊，還有我在。

升國二的暑假，我不時和易辰光相約見面，不是在八卦阿婆的雜貨店吃冰，就是一起去超市或書局。

有時候我站在天橋下等易辰光，看著那棟紅色屋頂的房子，常常會想著，易辰光這些年是怎麼過的？

我試著做過假設，倘若我其實是爸媽撿來的，不是他們的親生孩子，我會怎樣？或許一開始會有些無所適從，但最後肯定能坦然接受，有句台灣俚語是這麼說的：生的放一邊，養育恩情大過天。

我愛我的父母與機車老姊，不會因爲血緣關係是否存在而改變，對易辰光來說，代理孕母只不過是有著血緣關係的陌生人，扶養他長大的媽媽才是眞正的媽媽。

可是，易辰光的媽媽卻不明白這個道理。

對女人來說，孩子的意義到底是什麼？血脈的延續？生命？生活？愛？另一個自己？也許就是太多複雜的因素混雜在一起，才會讓易辰光的媽媽錯亂，忘記了最重要的東西。

「曦文。」我聽見易辰光的聲音從天橋上傳來，他慢條斯理地走下來，就算穿著牛仔褲也要將褲管捲至小腿上，反戴著鴨舌帽，一成不變的黑色上衣，腳上依舊踩著那雙老爹鞋。

「快點，公車就快來了！」我朝他大喊。

「我對展覽沒什麼興趣，電動玩具店比較有趣。」

「容不得你抱怨，快跟我走，用跑的！」我半強迫地拉著他來到公車站牌，他一路嘟囔著我越來越不乖，一點都不聽主人的話。

「你才不是我的主人！」原本想踩他一腳，想想還是輕捏了下他的手臂，作爲小小的抗議。

自從國一那天，易辰光向我坦白他內心的陰影後，便再也沒提起過這件事，然而我看得出來，黑暗仍不時侵蝕著他。這段日子，我很努力待在他身邊逗他笑，用許多事分散他的注意力，不讓他有時間多想，我無法跟著他回家，但至少在見到他的每一刻，我要盡我所能，讓他開心。

「還要大老遠跑去臺中美術館，我對那種靜態的活動沒興趣啊，如果妳找我看棒球賽什麼的該有多好。」都已經坐上公車了，易辰光還在抱怨。

「我對那種動態的活動沒興趣。」我模仿他的口氣回他一句。

「那我們眞是不和。」他說，但我不以爲意。

到了臺中美術館，我指著一旁的宣傳招牌，告訴他這就是我們等一下將要欣賞的展覽，「專門拍笑臉的攝影展，不是什麼大師級的攝影展，是一些愛好攝影的素人自行籌備的展，我看網路介紹還不錯，就想帶你過來。」

易辰光全然提不起勁，「我沒逛過什麼攝影展，哪個十四歲的小孩會對逛展覽有興趣啊。」

現在就會說自己只有十四歲，平時明明老成得像是二十四歲！

「我跟你說，」我正色道。

他無精打采地朝我看來，等待著我接下來的話。

「光，是攝影裡的神。」

聞言，他全身一震，猛然站直了身子。

「只要掌控了光，就能決定照片的好壞，當然技巧和經驗也很重要，但是光線就像是神一樣，在攝影中擁有至高無上的地位。我想說的是，如果我們兩人的光芒疊加都照不亮你，那麼就去尋找其他的光線吧！大自然的光能在漆黑的底片上留下美麗的影像，一定也能給予你不同的東西。」

那時候的我還想像不到，在不久後的未來，底片相機將逐漸走入歷史。

但當時我帶易辰光去參觀攝影展，只是想告訴他，透過鏡頭，居然能在黑色的底片上形成深淺不一的畫面，並藉由化學藥劑沖洗出五彩繽紛的影像。

無論你的內心多麼黑暗，你的眼睛，還是能捕捉光影，留下美好的色彩。

易辰光的眼神變得柔和，他聳聳肩，率先往美術館裡頭走去。

這是一個微型展覽，只展出了約莫五十張照片，拍攝對象涵蓋不同的年齡層，絕大多數是彩色的照片，只有少數是黑白的。

在草原上奔跑的孩子天真地大笑，餐廳的服務生對著鏡頭堆滿笑容，一個老人坐在公園樹下淡然微笑，熱戀情侶則是看著對方，露出充滿愛意的甜笑。除此之外，也有西裝筆挺的上班族持著手機苦笑，以及坐在地上的乞丐，對著只盛有兩枚硬幣的空餅乾鐵盒無奈一笑。

僅僅一抹笑容，道盡不同的人生。

我最喜歡的照片，是一對穿著制服的學生情侶，他們牽手走在鐵軌上回眸一笑。兩個人的笑容是那樣無憂無慮，眼裡只有單純的快樂，交握的手不只代表愛情，更是一種互相信賴與依存的表現。

我注意到易辰光站在場中最大幅的照片前，那是一張母親抱著嬰兒、低頭看著嬰兒微笑的照片。

母親的笑容很淺很淡，卻十分溫暖，滿溢著愛。

走到易辰光身邊，我牽起他的手，他手指冰冷，微微顫抖。

「這才是極致的母愛。」我小聲說。

我沒有看他，但我知道他哭了，而且不想讓任何人看見。我陪著他靜靜地看著那張母子照，握緊他發顫的手，好久好久。

身邊觀展的人來來去去，終於他伸手打了我的頭，我才轉過頭看他。

「走吧，回家。」他的雙眼有些紅腫，神情是輕鬆的。

我覺得他好像放下了些什麼，便向他回以微笑，牽著他的手一起離開展場。

我忍不住想，我們的背影，是不是也像鐵軌上那兩個學生一樣？

在天橋分別的時候，易辰光難得扭捏了老半天還不說話，都相處那麼久了，我也算了解他。

「不用謝啦。」

「我又沒跟妳道謝。」他逞強。

我哼了聲，再嘴硬啊！

「妳的光一點也不微弱啊。」他笑著說。

「是這樣嗎？」我也笑了。

他慢慢走上階梯，頻頻回頭，我站在原地不動，看著他走上天橋，再次轉身向我揮手。

「曦文，我覺得……是妳真好，是真的。」他大喊，明明車子呼嘯而過的噪音幾乎蓋過了他的聲音，可是我聽得很清楚。

「我也是！」我大聲回應他。

我仰著頭，目送易辰光帶著笑容，腳步輕快地走向天橋的另一邊。

雖然黑暗仍如影隨形，但我相信，總有一天會消散的。

只要我們在一起。

開學後，易辰光開始拿了台相機四處拍照，平均一天會用掉半卷底片，後來變本加厲，一天便要用掉一卷。

他拍照的對象都是花圃，就是他那塊種滿愛情花的花圃。

「光線很難掌握耶，我始終拍不出想要的感覺。」

他拿了三十幾張愛情花的照片給我看，我稱讚他每一張都拍得很漂亮。

「妳也太敷衍了吧！這張和那張明明差很多，妳也能昧著良心說都很漂亮。」他指出的那兩張照片，我覺得根本就差不多。

「對不起，我道行太淺了，我眞的……看不出來。」我坦白承認。

他看起來老大不爽，無預警地拿出相機，對著我的臉按下快門。

「喂！你幹麼啦！」我大叫。

「我突然想拍拍看人像。」他笑著跑開。

「你可以拍別人啊！」我追過去想搶他的相機，易辰光舉高了手，我用力跳躍，卻半點都搆不著。

「我只想拍妳。」

我和易辰光在教室裡追逐笑鬧的情景，班上同學早已見怪不怪。國一那個陰鬱退縮的我，好像只是一場夢。

「曦文！」林千卉衝進教室，拉著我的手就往外跑，「阿光，曦文借一下！」

「拿去吧。」易辰光做了個請的手勢。

「喂喂喂，我是獨立的個體，爲什麼要跟他借！」我抗議。

林千卉拉著我跑到一樓中庭，我氣喘吁吁，不知道她想幹麼。

「班長跟我告白了！」她附在我耳畔小聲說。

「啊？班長？張又仁！」

「妳小聲一點！」她摀住我的嘴巴，緊張地四處張望，深怕被人聽見。「我沒想過他會喜歡我，他平時一副正經八百的樣子。」

「男生都會喜歡漂亮女生吧。」我推開她的手。

「阿光就沒有喜歡我啊！」

什麼啊，妳還在覬覦易辰光？

「當然我現在不喜歡阿光了，我不會搶朋友的男朋友。」

她在說些什麼又誤會了些什麼，在這時候一點都不重要，我比較想知道她眞正的心意，「所以你們要交往嗎？」

「怎麼可能？那種無趣的男人，我無法想像自己跟他在一起，我只能想像他嘮叨著要我念書或是要我回座位坐好。」林千卉做了一個鬼臉。

不過仔細想想，張又仁平素端著那正經八百的形象，私下卻偷偷向女生告白，這樣的反差萌倒還挺可愛的。

我本來還想問問林千卉，張又仁是怎麼向她告白的，一個輕微的卡擦聲驀地從上方傳來，我抬頭一看，易辰光正站在走廊邊居高臨下偷拍我。

「易辰光！你給我下來！」我氣得大吼，易辰光則是爆出一陣大笑。

我曾經以爲，我和易辰光會一直這樣下去，相互扶持著長大，在我想像的高中生活藍圖裡也有著他的存在。

我知道天下沒有不散的宴席、人終將離別的道理，卻不曾想過我和易辰光的分離會在一瞬間到來。

第七章

「曦文，我聞得到雨的味道。」

「我沒有懷疑。」

我和易辰光躺在頂樓天台，懶洋洋地享受陽光照拂。

「那我們是不是該進教室了？」他慵懶地說。

「再一分鐘就好。」我閉著眼睛，昏昏沉沉道。

我聽見他爬起身，在附近來回踱步，可是我好睏，昨天晚上和姊姊看連續劇看太晚，導致嚴重睡眠不足。恍惚之間，我感覺似乎沒有先前那麼熱了，原以爲大概是頭頂正好飄來一片雲朵，爲我遮去炙熱的陽光，然而接二連三響起的快門聲讓我察覺不對勁，於是睜開眼睛。

易辰光居然兩腳跨在我的身體兩側，從上方俯視著我，並對著我按下快門。

「隱私權！肖像權！自主權！」我一邊大喊一邊抬手遮臉，還不忘用另一隻手拍打他的小腿。

「拍幾張照片而已，這麼小氣。」他痞痞一笑，坐回我身邊。

「你不能從我身上跨過去，這樣我會長不高，你不知道嗎？」小時候媽媽都跟我和姊姊這麼說。

「女人長那麼高幹麼？」

「性別歧視！」我又揍了他一拳。

也不知道從什麼時候開始，烏雲竟逐漸聚集在天空，易辰光和我對看一眼，兩人很有默契地往門裡跑去，才剛剛關上門，大雨立即滂沱落下。

「看吧，下雨了。」他不知道在開心什麼，笑得一臉燦爛。

「喂，你偷拍我這麼多次，卻從來沒有給我看過照片，你有洗出來嗎？」

「當然有啊，但是照片都太醜了，我怕給妳看會傷了妳的自尊心。」他聳聳肩。

「你覺得醜還拍！你眞的很討人厭！」我氣得跺腳。

「眞的嗎？妳討厭我？」霎時，他異常認眞地看著我。

「我、我……上課了啦！」我幾乎是落荒而逃，三步併作兩步跳下階梯後，在轉角處驀地停下，回頭看向易辰光，他還站在通往天台的門邊，嘴角噙著笑意。

微弱的天光透過門縫勾勒出他的身形輪廓，雖然光線微乎其微，他大半身影仍隱藏在暗處，可是我看得出他的改變。

爲此，我給了他一個很大的笑容。

在外出差一個月的爸爸終於要在今天回家了，媽媽準備了一桌媲美滿漢全席的大餐，我和姊姊口水直流，既期待爸爸帶回來的禮物，也迫不及待享用這桌美食。

其實爸爸從事什麼工作，我一直都不是很瞭解，我還曾經以為他是情報局的特務，才會時常不在家，去往台灣各城市出差，偶爾還需前去中國和日本。每次爸爸出差回來，我們家就像是在舉辦宴會一樣歡騰。

「我回來了！」爸爸的聲音在玄關響起，我和姊姊爭先恐後地衝到他面前，嘰嘰喳喳和他分享近況。

姊姊雖然年紀比我大，卻活得很幼稚，說來說去不外乎是她寄信給哪個偶像明星並且收到回信，或是她最近看了什麼小說漫畫。我就不一樣了，我說起易辰光偷拍我照片讓我很生氣，但看見易辰光終於露出真誠的笑容又覺得很開心。

爸爸專注傾聽我喋喋不休地講述關於易辰光的種種大小事，中間不曾插嘴，直到我們一家四口坐在餐桌前，爸爸才問了我第一個問題。

「曦文，」爸爸一臉嚴肅，「易辰光是誰？」

「爸！我知道，他在附近很有名！」姊姊擦拭嘴邊的醬汁，急切地插話，「就是住在那間有著紅色屋頂的別墅的小孩，長得非常帥，我好幾個朋友都對他有興趣。」

「妳的朋友?姊，妳的朋友應該年紀跟妳一樣，已經十九歲成年了欸，易辰光才十四歲，想犯罪喔？」我瞪大眼。

「妳不懂啦，他現在是十四歲，又不是永遠都是十四歲，而且只是欣賞，也沒有真的要交往。」姊姊振振有詞。

「我不管姊姊是不是要犯罪，曦文，易辰光是妳的男朋友嗎？」爸爸又問。

「我的天啊，爸！」我大叫，爸爸搞錯重點了吧，怎麼可以不在乎姊姊想染指十四歲的小男生呢？

「不然妳幹麼一直講他的事？」

「因爲我的生活全都是他啊！」我不假思索便答。

爸爸倒抽一口氣，媽媽在一旁看戲，笑得很開心。

「孩子的媽啊！曦文在二十歲以前不能交男朋友，絕對不行！我經常不在家，看管不到，這個重責大任就交給妳了！」爸爸竟然說著說著就眼眶一紅。

這下子，我不得不懷疑長相帥氣的爸爸該不會是演員吧，眞是夠了喔！都幾歲的人了，還爲了這種事哭得一把眼淚一把鼻涕。

晚飯後，爸爸把我叫到跟前，對著我碎念了半個小時，要我千萬不能早戀，最後我騙爸爸要去超市買東西，才結束這場折磨。

端著媽媽做的蘋果派，我一出門便打了通電話叫易辰光出來。

我走到天橋的時候，易辰光也恰巧從天橋上走下來，他朝我揮手，我笑著舉手回應。

晚上也不知道上哪去，易辰光提議到附近的小公園散步，小公園不大，裡面只擺設了簡易的鞦韆、溜滑梯以及蹺蹺板，供小孩玩樂。

我們坐在鞦韆上分食我帶過來的蘋果派。

「眞的假的？你媽在家自己做蘋果派？」易辰光才咬下一口便驚爲天人，不停稱讚蘋果派派皮鬆脆、內餡飽滿。

「不是我自誇，如果當年我媽沒有嫁給我爸，她一定會是臺灣最厲害的女廚師。」我很得意。

「我相信，這的確很美味！」易辰光讚不絕口。

「雖然我媽因爲嫁給我爸而放棄事業，但他們到現在還是很恩愛，我媽做出這個選擇應該算是値得吧。我爸媽的愛情，沒有像煙花一樣燃燒殆盡後，只剩下一片黑暗。」對啊，爲什麼先前我沒想到自己父母這活生生的例子呢？

「也是有這樣的特例。」易辰光一邊漫不經心地點頭，一邊大口咬下蘋果派。他應該根本就沒有把我說的話放在心上。

「我是說眞的！」

「對了，妳想好要考哪所高中了嗎？」他轉移話題，吞掉最後一口派，「眞的超好吃的。」

「我會把你的讚美轉告我媽。」我收起保鮮盒，「我沒多想耶，你呢？」

他聳聳肩，「光陽高中吧，又近，學校也不錯，妳也選那所吧。」

我瞪大眼睛，「幹麼命令我！」

「主人去哪，狗就要去哪啊。」他邊起鞦韆。

「我說過好幾次，我不是你的狗！一直把我當成你的狗的，也只有你一個，別人都說……」我猛地一頓，別人當著我的面說我都覺得沒什麼，爲什麼現在反而有些不好意思提？

「什麼？」

「沒什麼。」我不肯說下去。

「幹麼講話講一半啊。」他失笑。

「就沒什麼啊！」我撇過頭。

易辰光從鞦韆上跳下來，站到我面前，兩手一伸，抓住鞦韆的鍊條，將我圈在他的雙臂之間。

「妳快說！」他低下頭看我，語氣半帶威脅，我只覺得他離我好近。

「就、就林千卉還有我爸，他們說、說你是我的……男朋友！」這三個字一說出口，我臉就紅了。

「男朋友啊。」易辰光重複一遍，嘴角高高地揚起。

「笑什麼啦！」

「妳的表情好蠢，哈哈哈。」他笑得撫著肚子退後了幾步，「不行了，妳應該看看自己的表情，超白痴的。」

「易辰光，你才是白痴！」被他嘲笑雖然很生氣，卻也將我的尷尬一掃而空，這樣也好，我不禁跟著笑了起來。

「如果妳不想讀光陽高中，我們可以選妳喜歡的高中，我打算和妳念同一所學校。」他踐踐地笑著，「如果沒有我，妳又變得像國一那樣陰沉怎麼辦？」

這句話我就不能忍了！我站起身對他說：「哼！你不要小看我，我已經跟國一的我不一樣了！」

「哪裡不一樣？」

我鼓起腮幫子，我有什麼改變，難道易辰光不清楚嗎？

他分明就是故意的，可惡，他老是這麼壞心眼！

哼，我要讓他明白，我和從前最大的差異就是，我現在很會頂嘴！

「我才要擔心你一個人到了新學校，少了我的陪伴，你又會變回那個被陰暗籠罩的古怪傢伙了！」

話一脫口，我就後悔了。

我偷偷摸摸地覷向易辰光，怕他生氣。

沒想到他一派輕鬆地說：「對，沒錯，所以我打算和妳念同一所高中。」

同樣的一句話，此刻易辰光說出來，卻讓我心酸得想哭。

我眞的不願在易辰光面前哭，眼淚卻不由自主掉下，我飛快抹了抹眼角，不想讓他看見，易辰光卻拉住我的手。

「曦文，我可以拍妳嗎？」

「什、什麼？」我抽抽噎噎地問，還沒搞清楚他的意思，他已經拿出相機對準了我。

「不要拍啦，我現在好醜！」我推他。

易辰光嘻皮笑臉地說：「不是說女人哭泣的表情最美了嗎？」

「你不是很討厭女人哭嗎？而且，我還不算是女人吧。」

「為什麼？妳月經還沒來？」

「易辰光！」這次我毫不客氣，結結實實捶了他肩膀一拳！

「哈哈哈，開玩笑的啦。」他一邊揉肩一邊笑，看來我打得還不夠大力。「妳不是說過，光是攝影裡的神嗎？神是會帶來奇蹟的，對吧？如果我在一片漆黑中也能掌握住光線，是不是我的人生也能夠掌握住其他的可能？」

我沒有接話，看著他的手指撫過相機，我忍不住又哭了起來。

他似是拿我沒轍，無奈地說：「這有什麼好哭的啊？」

「我、我只是、只是覺得，你一定做得到，一定能夠掌握住……任何你想要的。」我用掌心抹去頰上的淚，然而新的淚水又接續落下，怎麼也抹不乾淨。

「妳幹麼啦。」他的笑聲像是嘆氣一樣。

他拉開我的手，然後舉起相機，不停地按下快門。

「不要拍！」我說，但他不理會我。

「你有在注意光線嗎？」閃光燈閃得我快瞎了。

「我最近掌握到一點點訣竅了。」快門聲仍不絕於耳。

我放棄了，反正不管我怎麼抗議，他還是會拍我，我只叮囑他：「這一次照片洗出來要給我看。」

「我考慮考慮。」他始終帶著笑容。

看著這樣的他，我破涕爲笑，閃光依次於我眼中綻放，在易辰光周圍鑲上一層光暈，昏暗不明的小公園裡，他耀眼得像顆閃閃發光的星星。

從小公園離開後，我們並肩走回天橋下，易辰光說要送我回去，但我怕爸爸看見他，堅持要在這裡分開。

「曦文，明天見！」他站在天橋上對我揮手大叫。

「你安靜點啦！」路人的眼光讓我很不好意思。

他一直站在那裡不動，這一次是他目送我離開，我邊走邊回頭，直到再也看不見他，才快步奔回家。

從國一某一天起，我和易辰光開始每天一起走路上下學。

我們沒有特別約定碰面的時間，但通常我走到天橋的時候，易辰光也會剛好來到天橋中央，對我招手說早安，這是屬於我們的默契。

但今天我遠遠就看見易辰光已經站在天橋下等我，並且滿臉倦容。

「你精神怎麼這麼差？」

「沒睡好。」他揉揉眼睛。

「只是沒睡好嗎？你看起來很不開心。」

「沒什麼啦。」他勉強提了提起嘴角，似是不願多說，「早安啊。」

「啊？都聊了好一會兒了才問早，你很好笑耶。」我歪頭看他，但還是回了一句，

「早安啊。」

一路上，易辰光始終一副若有所思的樣子，講話心不在焉。我家老姊說，男人跟女人一樣，一個月也會有那麼幾天情緒不穩定，容易陷入低潮。

我沒有白目到問易辰光是不是來了月經，但只要是人，總有煩惱，易辰光想說的時候自然會說，我只要先靜靜地陪在他身邊就好。

讓他知道，無論何時，都有我在。

到了中午，易辰光的臉色還是很難看，他告訴我他要先回家一趟。

「你還好吧？」他沒有請假，我陪著他走到後門的鐵絲網旁，時過一年多，學校不僅沒有重建圍牆，也沒有修補鐵絲網的破洞。

「我晚上再跟妳聯繫。」他說。

「小心一點。」我皺眉，不知道為什麼心裡有些不安。

離開前，他拉住我的手，一度欲言又止，但最後還是只說了句：「總之，等我電話。」

說完，他背著書包從洞裡鑽出去，頭也不回地走了。

我以為他很快會回來，但幾節課過去，始終不見他的人影，更奇怪的是，老師完全沒有問起，彷彿易辰光是大大方方從學校大門請假離開。

我越來越不安，以至於整個下午都無心上課，一放學便立刻衝往天橋下，想著或許易辰光會在這裡等我，可是沒有，他沒有出現。我又匆匆跑到阿婆雜貨店，問阿婆有沒有看到易辰光。

「妳男朋友沒有來啦。」阿婆擺擺手，還八卦地問我是不是跟男朋友吵架了。

我失望地回到家裡，明明是上班時間，爸爸卻躺在沙發上睡覺，媽媽則是在一旁將一疊疊衣服堆放進塑膠箱中。

「怎麼了？還沒到換季的時候吧。」我隨口問，一邊拿起電話，撥了易辰光家的號碼。

「曦文，爸爸……」媽媽想跟我說什麼，但我的注意力被接通的話筒所吸引。

「喂？」一個女人接起電話，聲音相當冰冷空洞，這是……易辰光的「媽媽」？

「喂，請找易辰光。」我禮貌地說。

「沒有這個人！」她倏地掛斷電話。

我嚇了一大跳，立刻回撥，電話卻再也打不通，只聽見嘟嘟嘟嘟的聲音。

事情不對勁！我一陣心慌，穿上鞋子就往外跑，媽媽追在後頭喊我。

「曦文，我話還沒說完，爸爸……」

「等我回來再說！」砰地關上門，我一心只想趕快找到易辰光，他到底怎麼了？爲什麼他媽媽會那樣說？

我的心臟跳動得飛快，強烈的恐懼令我腿軟得幾乎邁不動步伐，跌跌撞撞地來到天橋旁邊。

「曦文！」

我聽見林千卉在叫我，她和張又仁背著書包大步朝我奔來。

「我現在、現在沒空……」我茫然無措。

「阿光轉學了！」

我本來已經一腳踏上天橋，聞言旋即停下腳步，緩緩轉過身，無法克制全身的顫抖，「妳說什麼？」

林千卉咬著唇，看了張又仁一眼。

「我也是剛才在導師辦公室聽到消息，事情發生得很突然，老師只接到他要轉學的訊息，並不清楚前因後果，然後也聯繫不上易辰光。」張又仁眉頭緊鎖，神情嚴肅。

「可是他早上、早上什麼都沒跟我說……」我睜大雙眼，回想起易辰光一整個早上怪異的表現、他的欲言又止……

難道，他早就知道自己要轉學，卻沒有告訴我？

不，前些日子他還說我們要念同一所高中，他不是那種會臨時變卦的人，一定是出事了！

「我要去他家一趟。」我爬上天橋，林千卉和張又仁緊跟在後，我忽然想起易辰光家裡複雜的狀況，連忙阻止道：「不，我一個人去就好。」

「爲什麼？」林千卉焦急地說：「我們也是阿光的同學啊！」

「對不起，易辰光家裡有些事，我想……他不想讓太多人知道。」我竭力維持語氣的平靜，尾音卻忍不住微微發顫，林千卉無法理解，還想與我爭論，卻被張又仁制止。

「我們在這邊等妳。」他說。我點點頭，快步爬上樓梯。一直以來，我都是站在對面，看著易辰光一個人走過天橋，一個人走向那棟有著紅色屋頂的房子。

現在，我終於站在那棟屋子前面了。

深吸一口氣，摁下門鈴，我想見到易辰光，我想知道他現在好不好，我想聽他告訴我爲什麼。

我摁下了第二次、第三次門鈴，最後索性長摁著不放手，門鈴聲在空氣中迴盪，鄰居探頭出來看了我一眼，我不知道自己堅持了多久，最後面前的大門總算拉開了一條縫。

「誰？」是電話裡那個冰冷空洞的聲音，易辰光的媽媽。

「我是易辰光的朋友，請問他在……」

「沒有這個人！」她甩上大門。

「阿姨！我要找易辰光，請妳叫他出來！」我用力拍打門板，另一隻手則不停地摁著門鈴。

門內毫無動靜，我改喊易辰光的名字，「易辰光！我是禹曦文！你出來，我在外面等你！易辰光！」

我聲嘶力竭地大喊，像是要將內心深處的不安宣洩出來，然而，不論我如何哭喊吵鬧，大門再也不曾開啓。

「妹妹，妳找阿光？」幾個鄰居阿姨看不下去，走過來小聲問我。

我點頭，直到一個阿姨拿面紙給我，我才發現自己哭了。

「阿光不在家，他下午提著行李走出家門，不知道去哪了。」

「我看到他上了一輛計程車，後座有個女人，應該是特意來接他的。」

「阿光離開不久後，易先生就回來了，和易太太大吵一架，還摔東西，我們嚇得差點報警。」

「我猜八成是易先生在外面有女人。」

透過阿姨們的隻言片語，我心中有了隱約的推測，那個來接易辰光離開的女人，會不會就是他的生母？

「易辰光走了，那他爸爸呢？」在易辰光告訴我的故事中，男人是愛著女人的，他的爸爸，愛著他的媽媽。

阿姨們面面相覷，那位宣稱自己目睹易辰光坐上計程車的阿姨說：「易先生也提著行李，上了同一輛計程車。那輛計程車回來接易先生的時候，阿光就坐在裡面，還有那個女人，他們好像是在等易先生，接到人就走了。」

望著那棟有著紅色屋頂的房子，我在淚眼婆娑間，彷彿看見易辰光站在大門前，苦笑著對我說：愛情的最後，是一片黑暗。

易辰光就這樣忽然消失了。

我一階一階地數著天橋的階梯，真的跟易辰光說的一樣，一邊有四十三階。

「其實我算過，我每天經過的那座天橋，光是爬上去，單程就有四十三個階梯，上下學各一次，我每天就要上下一百七十二個階梯。」

站在天橋的正中央，可以更清楚地看見那棟紅屋頂的房子，易辰光每每經過這裡，是抱著什麼樣的心情回家？

我無法繼續直視那棟房子，緩緩轉過身，目光落向遠處，才驀地發現原來這裡也可以看見我家所在的巷子。

每天早上我走到天橋邊與易辰光會合時，他總是站在天橋的正中央對我揮手。其實他早就到了吧？他是不是每天都站在這個位置，看著我轉出巷子口，一路往這走來？

原來在這座天橋上，可以分別看見我家和他家。

每一次他在天橋上等著我的時候，他腦中想的是什麼？當我向他抱怨自己的家人時，他又是怎麼想的？我是不是在無形中傷害了他？

我努力搖頭，想甩掉這些討厭的想法，易辰光說過不能沒有我，他會跟我念同一所高中；而他也說過，他想要考光陽高中，所以只要我考上光陽高中，或許就可以再次與他相見。我懷抱一絲希望，下定決心認眞念書。

不料，就在易辰光不告而別的第二天，家裡忽然來了一群搬家公司工人，一件件地將家裡的大型家具往外搬。

「我們要搬到桃園了！」爸爸大聲且高興地宣布，向我們炫耀他在桃園找到了漂亮寬敞的新家。

姊姊自從上了大學，就一直住在宿舍，而且學校就在桃園，搬家對她來說影響不大，而媽媽只要能和爸爸住在一起，搬到哪裡都無所謂。

只有我瘋狂尖叫反對，我已經和易辰光說好要一起念光陽高中，我不能離開！

我發了好大的脾氣，又哭又鬧，無論爸媽怎麼好聲好氣勸我，就是不肯答應搬家，也不肯告訴他們理由，最後爸媽也火大了，要我回房間好好反省。

我埋在棉被裡嚎啕大哭。

我哭易辰光的不告而別；我哭自己明明發現易辰光不對勁，卻沒有追問下去；我哭他跟我說了早安，卻沒有跟我說再見；我哭我可能再也見不到他了。

姊姊在門上敲了兩聲，走了進來，很難得地，她沒有說任何挖苦我的話，只是坐在床邊，隔著被子輕拍我的背。

「曦文，如果妳眞的不想離開，妳可以選擇考回臺中念高中。」

當年還未實施十二年國教，高中是能夠選擇跨區、跨縣市就讀的——只要通過考試。

姊姊這番話讓我重新燃起希望，於是我聽從爸媽的吩咐，第二天請假在家整理行李，也抽空把新家地址交給雜貨店的阿婆，只是沒想到當天晚上爸媽臨時決定提前北上，我根本來不及當面和林千卉說我要轉學，隔天就被帶往桃園，就連我的轉學手續都是後來補辦的。

事後我打電話給林千卉，解釋自己突然搬家的原因，但林千卉還是非常生氣，又哭又罵，說我和易辰光一個樣，我這隻狗果然像主人，都喜歡不告而別。

我在電話這頭哭了，曾經我很討厭易辰光說我是他的狗，可是等他離開後，我才發現自己還眞的就像狗一樣，想呆呆地留在原地等待主人歸來。

易辰光說過主人去哪裡狗都要跟的，爲什麼主人自己就消失了？這樣被留下的狗要怎麼辦？

搬到桃園後，我有空就會去廟裡拜拜，祈求菩薩讓我考上光陽高中，睡前也不忘向神禱告，希望能與易辰光重逢。

我天眞地以爲，跨區考高中是可行之路，卻在升上國三後才察覺這只是我的痴心妄想。光陽高中沒有宿舍，就算我跨區考上了，那我要住哪？未滿十八歲，爸媽不會允許我一個人在外生活。

無可奈何之下，我打電話給林千卉哭訴，並問她有沒有再見到易辰光。

「沒有，他人間蒸發了。」林千卉淡淡地表示。

「千卉，拜託妳一件事，雖然這樣很自私。」

「我知道，去考光陽高中對吧？」

我一驚，電話那頭的她卻笑了。

「我還不知道妳在想什麼嗎？放心，我一定會考上的，如果見到易辰光，也一定會罵他一頓，然後要他立刻打電話給妳。」說著說著，林千卉聲音哽咽了，「我實在無法相信，直到現在也無法接受，你們兩個會突然離開，不是要一起畢業的嗎？」

「千卉……」我吸吸鼻子，眼眶泛淚。

「曦文，答應我，不管妳在哪，絕對不能讓我找不到妳！」她斬釘截鐵地說，而我也給了她承諾。

然而給出承諾沒多久，我便食言了。

確定考上桃園某所高中的那天，我馬上和林千卉聯絡，彼此交換學校班級訊息，她順利考上光陽高中，但榜單裡卻找不到易辰光的名字。

我和林千卉約好要保持聯繫，誰知爸爸竟又再次調職，這次我們全家搬到了高雄，搬家的過程中，我的一箱私人物品不慎遺失，裡面裝的是我最重要的寶物，信件、電話簿、照片等等，全是我國中的回憶和生活紀錄。

我就這麼和林千卉斷了聯繫。

或者應該說，要接續與林千卉的聯繫還是有辦法做到的，只是我主動放棄了。

在高雄的新生活安頓下來後，我還在某個星期五蹺課，一個人偷偷坐火車回臺中，想去找林千卉，只是當我站在光陽高中門口，看見林千卉和她的朋友們有說有笑地走出校門，那一瞬間我忽然覺得，只剩下我了。

記得易辰光的人、在乎他離去的人，始終無法開心笑著的人，是不是只剩下我了？

那一天，我回去曾經就讀的國中，走到易辰光細心照料的那塊花圃前。

愛情花依然綻放，易辰光走了，但他所培育的愛情還在。

那時候我才知道，我對易辰光除了依賴，還有愛情。

我將我的愛情都給了他，可是就像這些愛情花一樣，被他遺落在這裡。我又哭又叫地跳進花圃，將愛情花從土裡拔出，踩斷了一地的花莖，反正再怎麼細心呵護，也免不了愛情花終將凋零的命運。

我的瘋狂行徑很快就被發現，校方通知了爸媽，他們既震驚又難過，親自前來把我帶回高雄，一到家就對我大發脾氣，姊姊卻二話不說擋在我身前。

「你們有沒有問過她爲什麼做？曦文已經夠難過了，別說你們這些日子以來都沒有察覺！」姊姊大吼，而我緊咬下唇，沉默不語。

爸媽面面相覷，不再爲此責備我，只幽幽嘆了口氣。

某天，我獨自坐在高雄愛河邊，最後一次爲易辰光掉眼淚。

我告訴自己，不能再哭泣、不能再陰沉、不能再懦弱、不能再怕事，並且不要再執著找到易辰光了。

只要他離開那棟有著紅色屋頂的房子後，能過得好、過得快樂，不再被黑暗所侵蝕，我們的分離便是值得的。

分離之後，我才明白，原來我一直很喜歡他。

也不知道過了多久，天空忽然下起大雨，路上行人忙著奔跑躲避，我靜靜地在雨中勾起嘴角，想像或許身在某處的易辰光，此刻會看著天空淡淡地說：「曦文，我聞得到雨的味道。」

第八章

「各位旅客您好，苗栗站到了，請下車的旅客不要忘記隨身攜帶的行李。」

車廂廣播將我拉回現實，我睜開眼睛，明明沒有睡著，卻像是做了很長的夢，我輕笑著搖搖頭。

很久沒有想起從前了，算一算，都過了十三年，那些回憶離我已非常遙遠。

那時候很多看似無能爲力的困境，放到現在卻不值一提。科技的進步與各種即時通訊軟體的發達，除非刻意爲之，否則即便雙方多次遷徙異地，想要完全切斷彼此的聯繫，恐怕也並不容易。

我不只一次想過，如果當時我和易辰光並未斷了聯繫，那麼到了今天我們會是什麼關係？

是下班會一起喝酒的老朋友，還是偶爾聯絡的普通朋友？

抑或是早已分手的最熟悉的陌生人，還是互相扶持的人生伴侶？

這些猜測，永遠都只會是猜測，再也沒有驗證的可能。

易辰光多年來杳無音訊，誰也說不準，現在的他，還會是我記憶中的那個他嗎？我和他，已經回不到最初了。

手機的熱鍵九，是再也撥不通的易辰光家裡電話號碼。

那些過去是在哪個瞬間，變成了回憶呢？

而那些記憶裡的美好，又是在什麼時候變成了痛苦？

我早就不信神佛了，畢竟我曾那麼努力地祈求過，最終只落得一場空。但這封同學會邀請函輾轉寄到了我手裡，是不是表示冥冥之中，上天自有安排？

猶豫了許久，我還是決定參加同學會，因爲這幾年的音訊全無，我欠林千卉一個道歉。

人爲什麼會因爲分離而難過？是因爲再也見不到面？還是因爲沒有好好地道別？是不是因爲那天易辰光對我說了早安，卻沒有說再見就消失了，我才會覺得直到現在，那一天都還沒有結束。

我輕嘖了聲，都過了這麼多年，還糾結這些做什麼。

我已經不是十四歲的禹曦文了，我現在是二十七歲的時尚雜誌編輯，精明幹練，成熟理性。

出了臺中火車站，我坐上計程車，報了邀請卡上的地址，在接近目的地的時候，我忽然有些退縮，臨時請司機改道，在從前那所國中校門前下了車。

十三年過去，學校建築老舊不少，卻沒多大變化，眼前所見和我記憶中的景像重疊，霎時間，我好像又回到了過去。

我走進校園，去到那一塊花圃，易辰光當年重新粉刷的白色圍欄已經褪去光彩，變得灰白殘破，花圃裡的愛情花也不復存在，如今種植的是和其他花圃一般無二的日日春。

花圃旁邊的走廊，是當年易辰光最常駐足的地方，他總是蹲坐在走廊上，握著水管，懶洋洋地朝花圃澆灌。

站了一陣，我的眼睛酸澀了起來，火車上的那場夢交錯了時光，讓我恍惚想起那些塵封已久卻始終鮮明如昨的記憶。

離開學校，我緩緩踱步來到那座熟悉的天橋邊，向對街望去，仍然隱約可見那棟紅色屋頂的房子，但易辰光已經不在。

我一路走到舊家所在的巷子，意外發現阿婆雜貨店居然還開著，這間傳統小雜貨店竟然在時代潮流中留存下來，沒有被敞亮的便利商店所取代。

我簡直欣喜若狂，快步走到雜貨店前，更令我訝異的是，顧店的還是那位阿婆。

「阿婆！」我喊，她茫然地看著我，「是我啦，我是曦文，就是以前住在附近，禹家的小女兒。」

她先是滿臉困惑，接著張大嘴巴指著我，「啊！談『亂愛』那個！」

哦，阿婆，都十三年了，妳還記得這些八卦。

「妳那時候跟我說妳掉到水溝，所以弄溼鞋子，卻跟妳媽媽說鞋子是在澆花時被水潑溼的，我記得啦！」阿婆說得眉飛色舞。

我目瞪口呆，阿婆，妳記得會不會太詳細？

「嘿啦，談『亂愛』那個。」但此刻，有個人跟我一樣，記得我和易辰光的過去，這對我意義非凡，於是我點點頭。

「唉唷，長得這麼漂亮！都快認不出來了。」阿婆朝我走近，笑容慈祥。

「阿婆好厲害，這麼久了還記得我。」我在雜貨店前的椅子坐下，當年我和易辰光坐過的小圓凳，如今換成了嶄新的白色鐵椅。

「常常有人跟我提起妳啊，那個誰……啊，就是現在住進妳家的那戶人家。」阿婆指著我過去的家，那裡已經有了新的主人，「他們交代我，如果哪天看到妳，一定要跟妳說，他們在找妳。」

「找我？爲什麼？」我充滿疑惑，我記得爸媽將房子賣給了一家三口，但我並不認識他們。

「妳去看看就知道了。」

「對了，阿婆，這封信是妳轉寄的嗎？」我拿出邀請函。

阿婆戴上老花眼鏡，瞇著眼睛端詳信封，「對啦，就隔壁的拿來問我地址。」

「隔壁的？」

阿婆指向我過去的家。

謝過阿婆，我買了根枝仔冰，味道和我記憶中的一樣美味，眞是不可思議。

在阿婆的再三叨念下，我慢步走向我過去住過的那棟房子。

屋子外觀沒什麼改變，卻讓我覺得陌生，門口放滿盆栽，一片綠意盎然，屋子裡隱約傳來細細的小狗叫聲。

我摁下門鈴，回應的是一連串尖銳的小狗狂吠，一個女生輕聲斥喝，一陣腳步聲由遠而近，內門拉開了一條縫。

「請問妳是？」一個約莫二十出頭的年輕女生，帶著警戒地問。

「那個，不好意思，雜貨店的阿婆讓我來的……我是禹曦文。」我有些尷尬，更多的是莫名其妙，但還是先報上名字，只見對方睜大眼睛，立刻打開外面的鐵門。

「天啊！妳就是禹曦文！沒想到真的會見到妳！」她的反應出乎我意料，吉娃娃也從屋子裡跑出來，興奮地圍著我轉，一人一狗，都對我表達了熱切歡迎。

「妞妞！進去！」她對吉娃娃說完，又抬頭看我，「禹小姐，妳叫我小純就好，妳是回來參加同學會的嗎？妳收到我轉寄過去的邀請函了？啊，要不要進來坐一下？」

「不用不用，可是……妳怎麼知道我回來參加同學會？」

「抱歉，那封邀請函我拆開看過了，等等！妳同學會不是在今天中午嗎？現在都快兩點了！妳遲到了！」她忽然大叫，「快快快，妳先去參加同學會，結束後不管多晚，請妳一定要再回來找我。」

「可是，我還不清楚妳是……」

「我當年才八歲，很多事無法處理得很好，拖到現在我真的很過意不去，幸好妳順利收到同學會的邀請函，這簡直是神的旨意。總之妳先去同學會吧，其他的晚點我們再說！」她穿上拖鞋，幾乎是一路將我拉到巷口，我還來不及釐清情況，就被她送上計程車。

「我會在家等妳！妳一定要來找我！」她站在巷口跟我揮手，再次叮囑我。

到了同學會約定的餐廳外，我不由自主捏緊雙拳，對於即將見到老同學感到很緊張，我深吸一口氣，再次提醒自己，我已經和過去不一樣了。再次做好心理準備，我邁開腳步，走進會場。

五吋的高跟鞋踩在地毯上沒有半點聲響，看了一眼邀請卡，聚會地點定於圓滿廳，我笑了笑，還眞適合。

人一緊張就想跑廁所，我決定先上洗手間順道補妝，洗手間入口不大，一個胖胖的婦人擋在門口，牽著三歲的小女孩在洗手。

「媽媽先警告妳，不准像去年一樣哭個不停，累的話就乖乖待在旁邊睡覺，知不知道？」那位身材臃腫的媽媽威脅小女孩。

「諸到。」小女孩口齒不清地回答，她們洗完手後大力甩去水珠，濺了我一身。

「嘖！」我下意識嘖了聲，那位媽媽看了我一眼。

「小姐抱歉喔。」她說。

我扯了扯嘴角，隨意地點了下頭，繞過她們進入洗手間。

「媽媽，那個阿姨好漂亮。」小孩稱讚我。

但我高興不起來，因爲被小孩稱爲「阿姨」。

「她超沒禮貌的，妳長大以後可不能當那種徒具外表的人。」

在廁所隔間裡，我聽到那位胖媽拿我作爲反面教材，氣得差點想立刻衝出去跟她理論，到底是誰沒水準啊！但等到我出了洗手間，已不見那對母女的蹤影。

我越想越氣，怎麼從剛剛到現在，盡是遇到一些奇怪的人！

我踩著用力的步伐來到二樓圓滿廳前，隔著門就聽見裡面說說笑笑的聲音，我不禁全身緊繃，好像又迎來了國一時站在教室門口的感覺。

那種被笑聲和歡樂隔絕在外的感覺。

我搖搖頭，今非昔比，別想太多了。

「抱歉，我遲到了。」我推開門，揚起笑容，裡頭約莫二十多人齊齊地轉頭看我，露出驚訝的表情。

「是誰的女朋友啊？認領一下。」其中一個女生笑著問，我認出她是當年跟在林千卉身邊的小跟班，長相幾乎沒變。

「是我們班的同學嗎？回覆要參加同學會的人都到了啊。」一個平頭男站起來，低頭看著手裡的清單。

那是張又仁，他也完全沒變！

「我忘記回傳了。」我乾笑著拿出邀請函，所有人都盯著我看，雖然我想過大家可能會認不出我，但也沒這麼誇張吧。

「我們班有這樣的人嗎？」我聽見一個熟悉的聲音，抬頭望去，是剛剛在洗手間遇到的胖媽！

胖媽看清楚我的臉後，瞪大了眼睛，「廁所那個……妳是誰啊？」

「我才要問妳是誰呢！」我想到她剛才在廁所怎麼說我的就來氣。

「等等，」張又仁拿過我的邀請函查看，「妳是禹曦文？」「妳是曦文？」

「是啊！」我說，現場所有人不約而同發出誇張的驚呼。

「禹曦文！」胖媽大吼一聲，重重拍了下桌子，她排山倒海地推開椅子走到我面前，「是、是啊。」我被她的氣勢嚇到。

「天啊！是我啊！」胖媽熱淚盈眶，用力地抱住我，我感到胸腔的空氣都要被擠出來了。「我是林千卉啊！」

嗯，我活到二十七歲，這件事絕對名列「最令我震驚的事」排行榜前三名。

我完全無法將當年的班花林千卉，與現在這副富態的模樣聯想在一起。

「媽媽，她是誰啊？」她的小女兒拉著她的衣角問。

「她是曦文阿姨，是爸爸和媽媽國中時的好朋友。」林千卉蹲下哄小孩，說出的話卻令我再次驚愕不已。

爸爸和媽媽國中時的好朋友？小女孩的爸爸是誰？

「什麼？妳跟誰結婚了？」我拉著林千卉的手，雖然她胖了不少，皮膚倒是依然細膩滑潤。

林千卉狡獪地笑了，這一笑依稀還能找到幾分她過去嬌俏的模樣，她對女兒說：「妹妹乖，妳去找爸爸。」

小女孩乖巧地點頭，我目不轉睛地盯著這孩子，只見她朝我的方向撲來……停在了張又仁身邊。

「爸爸。」小女孩張開雙手，張又仁彎腰抱起她。

「妳跟他結婚了！妳不是說無趣的男人哪裡好？」我太震驚了！以至於我不小心洩漏了林千卉當年的想法。

在場眾人哈哈大笑，林千卉用手肘頂了我一下，那力道可眞是大。

「無趣的男人當老公不是很好嗎？」她說，但我發現她臉紅了。

「他們交往很久了，從國三那年開始的，對不對？」

「不是啦，他們國三只是曖昧，直到班長放棄臺中一中，跟著千卉去了光陽高中，千卉大受感動，兩人才在一起。」

班上同學還是一樣八卦，一個接著一個說起往事，打趣這對夫妻。

林千卉拉著我坐在她旁邊，感嘆說道：「妳變了好多。」

「妳才是。」這句話我絕對眞心。

「不僅是外表，妳連眼神都不一樣了。」她握起我的手，「爲什麼我忽然就聯絡不上妳了？我們開了好幾次同學會，雖然不是每次都會全員到齊，不過林林總總算起來，全班的同學都曾出席過，就妳和易辰光永遠不會來。」

我心中一沉。

「但眞的是命運嗎？這麼多年，唯獨今年妳出現了……他也……」林千卉握著我的力道加重，我用另一隻手反握住她。

「千卉，眞的很抱歉，我們家之後又搬去高雄，而當時我因爲一個非常無聊的理由，沒有主動和妳聯繫。」我哪說得出口，當時我看見林千卉交了新的朋友，便鑽牛角尖地認爲只剩下自己還記得過去的情誼，才會那樣輕易地斷了來往。

「那不重要，沒關係了。」林千卉的神色轉爲哀傷，「聽我說，曦文，我希望妳先做好心理準備。」

「心理準備？」

「班上有同學因爲工作的緣故，遇見了易辰光。」

我瞪大眼睛，心臟像是被人用力掐緊。

「所以，易辰光今天有來。」

我倒吸一口氣，猛然看向四周，卻沒看見他的身影。

「他正巧出去接工作上的電話，這是你們的命運嗎？一同離開、一同出現，易辰光也變了，雖然外表和個性還有以前的影子，可是……他也跟妳一樣，眼神變得不同了。」林千卉泫然欲泣，「命運也許待你們兩個不薄，戲劇性地分離，卻得以在多年後重逢，可是命運也很殘忍。」

「千卉，我聽不懂妳說什麼……」我喃喃道，心中升起不好的預感。

她抽抽鼻子，「我不知道易辰光現在對妳還有沒有什麼特殊意義，但對我來說，你們兩個走在一起的畫面，一直是我難以忘懷的年少記憶之一。」

我聽見門打開的聲音，聽見一個非常熟悉的腳步聲漸漸走近，隨著門的開闔而灌進房間的風，帶有雨的味道。

「外面快下雨了。」深藏在我心中多年的聲音，經過十三年的沉澱醞釀後，忽然傾瀉而出，從短短幾公尺的距離外，直直落入我的耳中。

「阿光，曦文來了！」張又仁說。

在我正要回頭之際，林千卉扯了一下我的手，拉回我的注意力。

「曦文，聽我說，」林千卉壓低聲音，「易辰光結婚了。」

這一切顯得太不眞實。

長大版的易辰光就坐在我對面，一個挑眉一個淺笑，一如從前那般輕易地攫獲眾人的目光，成爲焦點，只是曾經隱藏在他內心的那片黑暗，如今卻是看不見了。

我非常高興，非常非常。他的笑容多了幾分眞誠，不再帶有淺淺的冷漠，離開了那棟有著紅色屋頂的房子，他眞的過得更好。

如同當年我所期望的，只要易辰光能夠發自內心地歡笑，我們的分別便是値得的。

「幹麼一直看著我啊，曦文？」忽然被他點名，我一時反應不過來。「曦文還是老樣子，呆呆傻傻的。」

「我才沒有！」我的回話就像小孩子一樣幼稚，易辰光又笑起來。

「對了，曦文，妳現在在哪高就？」林千卉問。

「我是雜誌社的編輯。」我拿出名片，林千卉接過一看，詫異地喊道：「是

《MIZS》耶！妳是《MIZS》的編輯？我從高中就是《MIZS》的忠實讀者！」

「我記得《MIZS》是台灣前三大時尚雜誌沒錯吧？」張又仁瞧了眼我的名片說。

從林千卉到張又仁再到易辰光，我的名片輾轉落在易辰光手裡。

「《MIZS》服裝編輯禹曦文……」他若有所思地拿著名片，而我卻只注意到他左手無名指上的戒指。

他眞的結婚了。

我心中百感交集。要說是苦澀還是難過？似乎更多的是時光流逝的惆悵，明明在我的記憶中，易辰光還是當年不告而別的十四歲男孩，怎麼轉瞬間，他便以二十七歲的成熟男人姿態站在我面前了呢？

當年我的確很喜歡他，喜歡到即使過了這麼久，易辰光依然是我內心不可隨意碰觸的部分，只是那還是喜歡嗎？聽到他結婚了，我確實很受衝擊，但那不是意料得到的結果之一嗎？

爲何我的心竟像是被一把搥子砸破了一個大洞？

「曦文，妳現在在臺北工作？」易辰光指著名片上的地址。

我點點頭，喝了一口飲料。

「妳到底搬了幾次家啊？全家都住在臺北嗎？」林千卉邊問邊偷瞄易辰光。

我扳著手指計算：「國二那年先是搬到桃園，一年後又搬去高雄，再來是花蓮、新竹、臺南、彰化等地，現在我爸媽和我姊姊都住在臺南，只有我一個人待在臺北。」

「哇！妳比我還會搬家。」

見易辰光放聲大笑，我突然感到非常生氣，不告而別的到底是誰？爲什麼他還能一副沒事人的樣子？我根本就該用力甩他一巴掌才是。

「好啦好啦，來續攤啦，到我們家唱歌怎麼樣？」發現我的表情不對勁，林千卉站起來打圓場。

「抱歉，我必須趕回臺北。」我起身抓著包包，一秒也不想多待，總覺得眼淚就快要掉下來。

「明天是星期日耶！」林千卉不解，我則是給她一個苦笑。

「收好我的名片，這次我絕對不會消失不見了。」我拍拍她的手，輕捏了下她女兒肉呼呼的臉頰，「我還有一些事情要處理，必須先離開。」

「就這樣走了？多沒意思啊！」

「應該要不醉不歸啊！」

幾個同學吵吵鬧鬧地挽留我，我一一賠不是，承諾往後同學會我一定會盡量參加，在經過易辰光的座位時，我低著頭快速走過。

「大家下次見。」說完我立即掩上門，加快腳步跑開。

最後還是不爭氣地哭了，我趕緊抹掉眼淚，自從在愛河邊下定決心不再哭泣，我確實沒再掉過一次眼淚，卻在意外見到了易辰光後，我又變回那個愛哭的女孩。

哭與不哭，都是因爲他。

我和易辰光之間這樣就算完結了吧？至少我知道他現在過得很好，這樣就夠了，我也過得很好，我們都很好，所以一切都很好。

我埋頭往車站的方向走去，忽然間我停下腳步，看著豔陽高照的天空，不由得皺起眉頭。

我聞到了雨的味道，正想從包包裡拿出摺疊傘時，有人從後頭抓住我的手腕。

「曦文，就要下雨了。」易辰光貼著我的耳邊說。

再一次淚意湧上眼眶，來不及擦掉，他已經拉著我往一旁的騎樓跑去。

雷聲突如其來地轟隆作響，我的後腳剛踩進騎樓，豆大的雨滴隨後落至地面。

「看吧，我就說自己……」

「聞得到雨的味道。」我接話，易辰光挑眉看我，露出熟悉的笑容。

我們兩個站在騎樓下，隔著一小段距離，誰也沒說話。我包裡有傘，大可以自己先走，但我沒有這麼做，只轉頭看向易辰光的側臉，直到此刻我才能靜下心好好打量他。

他的外貌跟以前一樣，只是眼睛更深邃了些，臉部的線條輪廓也更立體了，經過變聲期，聲音也愈加低沉。他還是喜歡穿老爹鞋，不過現在他的牛仔褲褲管老老實實地垂落腳邊，不再捲起露出小腿。

「妳什麼時候搬家的？」他打破沉默。

「你離開後的隔天。」我淡淡地說。

「難怪啊……」

「難怪什麼？」

「沒什麼。」他輕扯嘴角，抬頭看了看天空，這場驟雨來得快，去得也快，雨勢已逐漸轉小。「雨快停了，妳要去火車站嗎？」

「嗯。」我踏出騎樓，雨絲稀稀落落，果然沒多久便完全停了。我走到交叉路口停下，右轉往車站，左轉則是往我過去住處的方向。

「我打算回家一趟，妳要不要一起？」易辰光忽然發話。

我瞪大眼睛，回那棟有著紅色屋頂的房子嗎？

「放心，那裡現在是空屋。」他看穿我的驚訝，笑出聲來，「我已經不是當年那個什麼都無能爲力的我了，有時候回想起來，十四歲的我也太脆弱，那麼輕易就對人生感到絕望。」

他如此說，像是眞的已經能對那些黑暗的過往豁達以對。

我明白，人會因爲成長，而戰勝過往的恐懼與懦弱。

但更多時候，過去會變成如影隨形的鬼魅，不是因爲人不夠堅強，而是在還不懂得保護自己的時候，就被狠狠地傷害過了，那傷口深入骨髓，即使表面癒合了，內心依舊隱隱作痛。

就像是……我如何欺騙自己已經放下易辰光一樣，都是假的。

所以看著笑著對過去侃侃而談的易辰光，我並未因此感到安心。

「那，我要回我家看一下，妳呢？也要回去妳以前的住處看看吧？」

「我剛回去過了……」說完，我驀地想起那個要我務必回去找她談談的怪女孩。「好吧，回去看看。」

我們緩緩邁開步伐，當初兩人並肩同行是那麼理所當然的一件事，沒想到再次走在同一條路上，竟花了十三年的時間。

「你……結婚啦？」

「嗯。」他的回答簡短有力。

「這麼久沒見面，你都結婚了，想必也談了不少次戀愛吧。」

「也還好。」易辰光有些無奈地笑。

這話題對我們來說好像不太適宜，我閉上嘴巴，就此打住。

「那妳呢？長這麼大了，還會覺得愛情如煙火般燦爛嗎？或是一片黑暗？」

回想起當年的對話，我聳聳肩，「不到一片黑暗，但也沒有像煙火一樣光彩奪目，怎麼說？就是那樣吧，普普通通，不好不壞。你呢？」

「我還是認爲愛情的最後是一片黑暗。」易辰光雲淡風輕地說。

我皺緊眉頭，「可是你結婚了，如果你看待愛情依舊如此悲觀，何必結婚？」

「不是說婚姻是愛情的墳墓嗎？愛情走到最後，進了墳墓，不就形同走入黑暗？」

他還是那麼會耍嘴皮子，而我沉默不語，沒有辯駁。

「我從這裡過去。」易辰光踏上天橋的階梯，「妳還記得天橋有幾階嗎？」

「四十三階，我爬過也數過。」

「什麼時候？」

「你離開那天。」我說。

「嗯……」易辰光深深凝視著我，「曦文，我只說一次，妳聽好。」

我對上他的眼睛，他的瞳孔幽黑如夜，情緒複雜難辨。

「我始終認爲愛情最後剩下的只有黑暗，但我曾經想過，如果我們能在一起，結果或許會不一樣。我們兩個的光雖然微弱，但在煙火熄滅之後，或許也能照亮幽暗的夜空。」

我不悅地說：「你結婚了。」

「哈哈，所以我不是說了，『曾經想過』。」他聳聳肩。

「你現在在哪裡工作？」

「隨處跑，沒有固定的工作地點，大多時候待在臺北。」

兜兜轉轉了十三年，我們兩個竟都落腳臺北，卻不曾遇見過。

「等等約在這裡碰面吧，我也要去火車站搭車。」他如此說，我點頭應允。

看著易辰光踏上天橋的背影，我彷彿看見了十四歲時的他。

霎時間，我好像回到了那個午後，在小小的雜貨店前，我選擇了追上他，並且窺見了他內心的黑暗。

這一次我依然做出了同樣的決定，偷偷地隔著一段距離跟在他身後。

我只是想要確認，他是不是眞的走出來了，想確認自己在他眼中看見那若隱若現的傷痛，也許只是錯覺。

我跟著他走過天橋，看著他轉進對街的第二條巷子。我站在巷口轉角處窺探他，只見長大成人的易辰光站在那棟有著紅色屋頂的房子的大門前，雙手插在口袋裡，動也不動。

儘管隔了一段距離，我仍瞥見他臉上掛著淺淺的微笑。

看樣子是我多心了，他確實從過去的陰影走出來了。

就在我打算轉身離去之際，我注意到易辰光嘴角的笑容逐漸瓦解，接著，他的手伸出口袋，朝前方探去。

等了老半天，卻不見他有下一步動作，我小心翼翼地繞出轉角，稍微走近幾步，想看清楚他在做什麼。

易辰光一手摀住嘴，另一手停在門把上方，遲遲未落下。

我發誓，我看見他雙手發抖，或者說，他渾身都在顫抖。

下一秒，他摀嘴的那隻手慢慢往下移，握住了另一隻手的手腕，傾盡兩手之力壓下門把，門打開了，隨後他的身影隱沒在門口。

只是一棟空房子，就能給他這麼大的精神壓力。

目睹這一幕，我便知道，他其實並沒有走出來。

在同學會上，易辰光笑容開朗，像是擺脫了過去的陰影，不再被黑暗所困，此刻我才發覺，那樣的笑容是被成長和社會所磨練出來的偽裝，取代無邊黑暗的是曖昧不明的灰色，像是無底沼澤般將他吞噬。

我想立刻衝上前去，問他還好嗎？問他我能幫上什麼忙嗎？問他這些年到底是怎麼度過的？

可是我不能，我告訴自己，他結婚了。

他即便墜入深淵，拽住他的人都已經不會、也不該再是我。

我只能選擇轉身，走回自己過去的住家，然而我卻舉步艱難，怎麼也無法忘記剛才看見的畫面。

回到過去的住家門口後，我摁下門鈴。

小純很快就開了門，她養的吉娃娃不斷在我腳邊吠叫。

「妳趕時間嗎？進來坐坐吧。」

「不了，我和別人有約，請問妳有什麼……」

「是跟易辰光有約嗎？」

從小純口中聽到他的名字，我驚訝得張大眼睛，「妳怎麼知道？」

「呀！妳等我一下。」她尖叫一聲，跑進屋內，提了一個紙袋出來，「我很想和妳多聊一會，但既然妳和他有約，我就長話短說。」

她將紙袋遞給我，「自從八歲搬到這裡後，我們家一直收到指名要給禹曦文的信，一開始我和家人都不以爲意，把信隨手丟在櫃子裡，可是信來得太頻繁，我便好奇打開來看，才知道這些信全都是一個名叫易辰光的人寫的。

「結果等他的信變成我童年最大的樂趣之一，透過那些信，我明白這個人很想念一個叫禹曦文的女生，爲此我向鄰居打聽，從阿婆那裡問到妳新家的電話號碼，沒想到打過去妳又搬家了。可能是因為始終沒能收到回信的緣故，我升上六年級後，易辰光就不再寄信來了，這件事被我慢慢淡忘，直到前陣子，我再次收到寄給禹曦文的同學會邀請函，過往的回憶湧現，於是我下定決心，如果這封邀請函透過多方輾轉轉寄，有幸可以到達禹曦文手中，如果她願意專程過來參加同學會，如果她順道回來看看這個她曾經住過的地方，那我就要把這些信交給她！」

隨著她的敘述，我感覺手上的紙袋異常沉重。

「這麼多的如果竟然都實現了，這袋信真的交到了妳手上，這真的是命運的安排！而且妳和易辰光也重逢了，我好感動！」小純的眼睛閃爍著興奮的光芒。

這是我今天第二次聽到「命運」這個字眼了。

「命運待你們不薄，卻又對你們殘忍。」

林千卉的話在我心中迴盪。

我露出微笑，謝謝眼前這個還熱切地相信愛情的小女生。

我不會告訴她，易辰光已經結婚了。

再怎麼喜歡他，再怎麼忘不了他，終究只能放棄，過去的感情與過去的人，都不應該再次出現。

第九章

我坐在阿婆雜貨店前，深吸幾口氣後，將易辰光寫給我的信件一一拆開閱讀。

我的曦文狗：

我突然就離開了，妳一定很生氣，我需要向妳道歉。

其實離開的那天早上，我還猶豫著無法做出決定，早知道後來事情的發展會如此失控，我就該把一切先告訴妳。

很老套的八點檔劇情，那天我正準備出門上學，我的親生媽媽突然出現在我家門口，說想見見我，她對我爸沒有感情，卻始終惦記著我。

女人眞是神奇，只因爲懷胎十月，經歷生產的痛苦，她便能把我放在心上十四年。

可是我媽媽情緒本來就不太穩定，一見到她就崩潰了，親生媽媽也不知哪來的直覺，認定我爸媽沒有好好照顧我，她說我的眼神不像十四歲孩子該有的樣子。

她想帶我一起走，而我動搖了，或許是我太想要逃離這個家。但我也非常猶豫，除了我的父母、朋友、校園生活以外，很大的因素是爲了妳。

我擔心如果我不在了，妳會不會又縮回自己的殼内？如果妳不在我身邊，我會不會更加沉浸在黑暗之中？

那天在學校見到妳，我什麼都說不出來，我很怕妳會回我「就去對你好的地方」之類的話，然後將我遠遠推開，這樣我應該會很生氣吧，於是我什麼都不說。

可是回到家後，發生了一件超級嚴重的事，到現在我還不敢相信，而那件事逼得我必須立刻離開，還沒來得及跟妳說一聲，我就跟親生媽媽走了。

爸爸也很不高興，怒氣沖沖之下跟著我們一起離開，但他最後還是放不下媽媽，中途就下車了。

總之事情很複雜，我也還沒整理好心情，但我一定會親口告訴妳，所以妳要在光陽高中等我，一定。

主人易辰光

這封信……易辰光沒有不告而別，是我沒收到他的解釋！

我馬上拆開第二封信，隨信夾帶一疊照片，我一張張翻看，直到最後一張才看清，這些照片都是從天橋上拍下來的街景，總共有五張，其中都有我的背影，從天橋邊一直走到巷口轉角的，我的背影。

曦文：

妳之前一直吵著說沒有看過我拍妳的照片，問題是妳只要照鏡子，天天都能透過鏡中看見自己，幹麼還要看照片呢？

而我因爲無法時時刻刻見到妳，這些照片對我來說，才更有價值吧。

不過妳看不見自己的背影，所以我把有拍到妳背影的照片加洗給妳，這些都是我站在天橋上拍下的照片。

最近我剛整理好新家的房間，也準備進入新學校就讀，親生媽媽對我很好，好到我有點不習慣。

「媽媽」都是這麼溫柔嗎？

不過我還是叫她阿姨，忽然換一個人叫媽媽很怪。

妳考試準備得怎樣？應該還行吧？

喂，距離上封信寄出已經五天了，妳怎麼還沒回我信？

妳不會這麼小氣，還在生氣吧？

易辰光

我咬著下唇，無法克制眼淚湧出，趕緊拆開了第三、第四、第五封……

信件內容大多是怪我爲什麼不回信，而後漸漸變成道歉，說笑話哄我，要我別因爲生氣而不理他，或是撂下狠話威脅我趕快回信。

直到我拆開手上這一封信，我看了日期，那時我們剛升上國三沒多久。

曦文：

我又要說對不起了，我沒辦法和妳上同一所高中了。

我的親生媽媽說要帶我去國外念幾年書，過一段時間再回台灣。

我很想回去找妳，但我家近在咫尺，我怕自己會忍不住回去看爸媽。

我爸爸說，媽媽情緒很不穩定，暫時沒辦法與我見面，所以曦文，我是眞的不能夠再回去了。

妳聽過忠犬小八的故事吧？既然妳是狗，就必須在原地等我，我一定會回去的，總有一天，一定。

離開家以後我才明白自己有多無能，雖然很不想承認，但事實確實如此。請妳等我再長大一些，至少等到我可以自己辦手機、打工也不需要監護人同意的時候，我一定會回去找妳。

曦文，要等我！

易辰光

我擦掉源源不絕流出的淚水。

易辰光，很抱歉我沒有待在原地等你，你忘了當年我也不過是個十四歲的孩子嗎？十四歲的我們，縱使說話較同齡人老成，思想也較同齡人成熟，卻依然是不能自己做主的未成年人，只能隨父母遷移。

經過了十三年，我們已是二十七歲的成年人，甚至超過當年父母生下我們的年紀，但我們莫可奈何的事情還是很多。

我抬頭看著天空，易辰光，你要我等你，但你有回來過嗎？

忽然手機響起，我用手心拍拍臉頰，試圖提振起精神。

「您好，我是禹曦文。」我下意識以工作口吻接起電話。

「喂！曦文！大消息！」話筒傳來王皓群欣喜的聲音，上一次聽到他這麼興奮，還是他簽下第一單百萬廣告專案的時候。

「什麼？」

「妳聲音怎麼了？」

「感冒。」我吸吸鼻子。

「是喔。」他只簡單應了這句。

我不知道王皓群究竟是不在意還是不想追究，總之他沒多問，我將信全數放回紙袋，看了看手錶，差不多到了和易辰光會合的時間。

「什麼大消息？」我站起往巷口走去。

「第一，印刷廠換了。」

「謝天謝地！」我走上天橋，同時在心裡默數樓梯階數。

「但第二條消息更加重要。」他笑得神祕兮兮。

「再不說我要掛電話了。」我站在天橋的正中央，恰巧見著易辰光從他家巷口出現，他對我招手，我笑著回應他，心鈍鈍地痛。

「剛剛收到的第一手訊息，Ciel同意了！」

我睜大眼睛，「真的假的？他答應了？天啊！你有沒有馬上寄合約給他？」

「當然，能收到這種大牌攝影師的口頭承諾，當然要打鐵趁熱，我不但馬上擬妥合約，並已經用好公司印，現在正打算親自送去他的工作室，當面簽約。」

難怪王皓群會這麼高興，我幾乎也要尖叫出聲！

「王皓群，你真是太厲害了！你用了什麼方法打動Ciel？」

易辰光走到我身邊，興味盎然地盯著我瞧，我也不避諱他，絲毫沒有壓低講電話的聲音。

「我很想獨攬功勞，不過我還沒來得及做些什麼，就收到Ciel助理的回覆了，要說功勞，也是妳的功勞，妳之前整理資料向Ciel提案了，對吧？」

「原來你根本沒出上力。」我馬上冷下聲音，但內心依舊澎湃洶湧。

「喂，要不是我今天進公司加班，誰幫妳送合約過去給Ciel？要不然過了週末，Ciel反悔了，就有妳哭的了，妳要記得報答我，幫我買雞腳凍和太陽餅。」

「好好好，謝謝你，王大業務。不說了，拜。」掛掉電話，我開心地對易辰光傻笑。

「男朋友？」

「只是同事啦。」我收起手機，拿出易辰光寄給我的第一封信，易辰光一看到信封，神情立即變得僵硬。

「我搬家了，我剛剛才知道，原來你曾寫這麼多封信給我。」簡單敘述過前因後果，我攤開其中一封信問：「你說下次見面會親口跟我說發生了什麼事，現在說吧。」

易辰光眉頭緊蹙，做了個深呼吸，「寫這封信的時候，我以為很快就能親口向妳說明，沒想到一晃眼都十三年了……」

我聳聳肩，世事難料。

「我爸媽……他們不能沒有彼此。當年我和爸爸一氣之下離開那個家，可以想見我媽一定會發瘋，而我爸也放不下她，最後我爸中途下車，回去找我媽了，我不知道他們後來怎樣了，是依舊待在那裡，還是搬走了？反正去哪裡都好，只要是一個沒有我的地方，媽媽就永遠不會被提醒，世界上有一個自己最愛的男人和其他女人的孩子存在。」他的目光落向遠處，幽幽地說：「我十八歲時，他們把房子過戶到我的名下，那棟房子現在是空屋，除了傢具和回憶，什麼都沒留下。」

「你爸爸那麼愛她，為什麼當下會跟你們走？」

易辰光停頓了很久，沒有回話，嘴角微微顫抖。

「其實你不說也無妨。」我脫口而出，如果說出口會讓他這麼痛苦，我寧可永遠不知道眞相。

易辰光轉過頭盯著我看，他的眼神是那麼空洞，幾乎要將我的心神吸進去，沒多久他的目光重新聚焦，露出了溫柔的笑臉。

「沒關係，那麼多年了，都過去了。」他遲疑了下，「那天我蹺課回家，是想和我媽媽談談，如果她希望我留下，我永遠都不會離開。但我媽媽，扶養我長大的媽媽，早上已經先受過一次刺激，我一進到家門，她以爲我的親生母親再次上門破壞她的家庭，一時心神錯亂，使勁掐住了我的脖子。」

我捂住嘴，不敢置信地看著淡然娓娓道來的易辰光。

「我無法呼吸，眼前一片黑暗，刹那間我想起之前跟妳說過的『極致的母愛』，可是當我得償所願，卻又掙扎著想要活下去，我隨手抓了個東西砸中她的頭，她才放開我。而後我躲進房間打電話給親生媽媽，她馬上來接我離開。」

易辰光說得輕描淡寫，我卻聽得紅了眼眶，情不自禁握住他的手，感受到易辰光的身體微微一震。

「我很抱歉。」很抱歉那時候我不在你身邊。

「那是我最後一次見到『媽媽』，我想，此生或許再也見不到她了。」他的聲音輕得彷彿下一秒將被吹散在風裡。

「你親生媽媽對你好嗎？」

「她對我非常好，我每次看著她，都會想起當年在美術館看到的那張母子照。我只是覺得很奇怪，沒有血緣的媽媽養了我十幾年，卻恨著我；有血緣的媽媽不曾和我一起生活，卻愛著我。到了現在，即使我長大了，理解了一切，還是無法做到釋懷。」他輕笑幾聲。

「易辰光，這世上還有很多愛你的人、在乎你的人，你該多想想我們這些人。」我帶著哽咽說。

易辰光深深地注視著我，彷彿回到我們分別的那一刻，他看著我欲言又止，神情複雜，我連忙側過頭，放開了他的手。

他結婚了，我告訴自己。

「爲什麼那幾年你沒打電話給我？」只要他打電話給我，就會知道我搬家了。

「我打過啊，對方說沒這個人，我不清楚是我記錯電話號碼？還是妳故意不接我電話？」

「我怎麼可能故意不接。」我失笑，站在天橋上看著車來車往，我拿起紙袋裡的最後一封信，抽出一張空白信紙。

「這封信是怎麼回事？你忘記寫就寄出了？」我問他。

易辰光悶不吭聲地取走信紙，從包裡找出一枝鉛筆，將紙張大片大片塗黑。

隨著易辰光的動作，隱藏在信紙下的文字漸漸浮現。

曦文：

其實，我一直很喜歡妳。

雖然不曾當面跟妳說過，可我想妳應該知道吧？

妳沒那麼笨吧？

易辰光

「愛情的背後，是一片黑暗，我對妳的表白，也隱藏在黑暗之中。」易辰光將信紙放上我的手心，「我一直在等妳的回信，等啊等，就過了十三年。我想過很多種可能，或許妳很生氣，或許妳不在乎，或許妳身邊有更重要的人了，就是沒想過妳可能已經搬家了，後來我到了國外，通訊不易，便不再寫信。爲什麼我們這麼輕易就斷了聯絡呢？」

他最後一句話說得很輕，不知道是在問我，還是在問他自己。

我看著塗黑的信紙，完全說不出話來，眼淚早就沾溼雙頰。

「曦文，都十三年了，妳還不能給我一個答案嗎？」二十七歲的易辰光，瞬間變回了十四歲的他。

我毫不猶豫地伸手環抱住他，緊緊抱著。

我以爲，只有我會難過，只有我忘不了他，只有我被丟下了。

可是易辰光呢？

他是抱著什麼樣的心情離開熟悉的環境，跟著與陌生人沒兩樣的親生母親共同生活？又是抱著什麼樣的心情等待我的回信，度過這漫長的十三年？

「易辰光，我也喜歡你，一直一直喜歡你，從很久以前……」到了現在，還是喜歡著你。

他也用力抱緊我，好像我們要是不抓緊彼此，又會再一次失去對方。

我抬起頭，想告訴他，我們終於對過去的自己有了交代，但我們現在已有了各自的人生，應該要往前走了。

可是當我對上他的眼神，瞬間就像被吸入黑洞一樣，無法自拔，所有的話都梗在喉頭。

我知道他結婚了，他有老婆，說不定還有小孩。

但我就是沒辦法拒絕他。

他捧住我的臉，用拇指擦去我的眼淚，不知道什麼時候，他轉而俯下頭，輕輕吮去我臉上的淚水。

然後，他的唇貼在我的唇上。

我不是第一次接吻，卻覺得這是我的初吻。

眼淚掉得更凶了，腦袋一片混沌，無法思考，只拚命地貼近他更多。

易辰光放開我，拉著我的手，二話不說往天橋下走去。

他帶我走進那棟有著紅色屋頂的房子，那裡曾是黑暗的象徵，是易辰光噩夢的來源。

他關上鐵門，我還沒來得及看清楚裡頭的擺設，他又再次攫住我的唇，奪去我所有的注意力。

我們在玄關忘情接吻，他的手從我的肩滑到了腰，忽然將我抱起，往屋內走去。

雖然沒來過他家，可是這裡是易辰光生活過的空間，他抱著我走進他曾經住過的房間，拉開防塵布，將我放到床上。

我坐起身，卻不是要逃開，而是揪著他的衣領，再次吻上他。

也分不清是誰先開始脫去對方的衣服，他壓在我身上，好像這一切早該如此。

他雙膝跪在我腰間兩側，伸手拔掉他的婚戒放在一旁的櫃子上，我假裝沒看見他的動作，專注地解開他的皮帶。他抬起我的下巴，又是一陣狂吻。

我難過、我落淚，同時，我也覺得很幸福。

他撫摸過我每吋肌膚，親吻我身上每一處，我的手指穿過他的髮，當他疼惜地用指尖劃過我的側臉，我會順勢親吻上他的唇。

他在我的耳邊微微喘息，我環抱住他厚實的背。

窗外，又傳來了雨的味道。

「聽說妳把愛情花花圃踩壞了？」

「你怎麼知道？」

「林千卉說的。」

「原來這件事鬧得這麼大。」我懊惱不已，易辰光則是笑了。

躺在他的胸膛上，隨著他的笑聲震盪，傾聽他胸口的心跳，那是他現在待在我身邊的證明。

「我們連手都沒正式牽過。」易辰光玩著我的頭髮。

「難道這就是大人嗎？上床變得容易了？」我笑說。

「不知不覺間，我們已經不是當年的我們了……」他垂下眼簾，淡淡地說。

外頭的雨聲漸漸變小，再也掩蓋不住我們故意忽略的手機震動聲，我側過身去，看著窗外，假裝不在意地道：「接電話吧，也許，是你太太打來的。」

背對著他，我感覺到身後床鋪微微下陷，又反彈回來，我無聲落淚。

我和他，一起度過了最單純、最眞摯的時光，曾經我們以爲可以一直陪伴彼此走下去，但錯過的終究是錯過了。十三年的落差，我們對彼此的印象，只停留在十四歲那年，這中間我們變成了什麼樣的人、經歷過些什麼，都是殘忍卻存在著的距離。

更別說易辰光還結婚了。

我從床上起身，穿上衣服，看著站在門邊講電話的易辰光。

淚水從眼角滑落，明明我們的心意相通，爲什麼就是沒辦法幸福地在一起？

我們都變得太多，時間過去太久，就像我回不去十四歲的天眞無畏，我們也不再是單純喜歡著對方的國中生。

我連自己在什麼時候、在誰的懷裡變成了女人，都不記得了。

易辰光和他的妻子也擁有刻骨銘心的戀愛吧。

我們今日的擁抱，說穿了，只是放不下過去。

他掛掉電話後，我們之間陷入一種尷尬、心虛的氣氛，又或者說是懊悔還是無奈，他看著我的眼神錯綜複雜，而我看著他的眼神亦然如是。

擁抱過後，我們只是得到了更多的空虛。

「易辰光，我喜歡你，你喜歡我，但這都過去了對吧？」穿好衣服後，我努力揚起笑容，決定以成熟的態度面對，「我真的很高興可以再見到你，但你我都明白，我們已經回不去從前，以後不要見面對彼此都好。」

「曦文，我並不是懷著隨便的心情抱妳。說實話，我沒想過有一天能夠再見到妳。」他走到我身前，「但再讓我選一次，我依然會告訴妳我當年的心情。」

「我也是。」

我的目光逐一畫過他的眉眼，想將他的模樣深深刻印在腦海中，即使日後再也見不到他，我也能夠清楚記得他的每一個表情。

我緩緩開口：「那，易辰光，拜拜。」

他沉默很久，最後低聲說：「再見。」

我邁開腳步，走過他身邊，走出了那棟有著紅色屋頂的房子。

我始終沒有回頭，也不想知道此時此刻，他是否仍像十三年前那樣看著我的背影離開。

數完四十三階的樓梯後，我走過天橋。

十三年前說完了那聲早安，在十三年後才接續說了再見。

我的那一天，終於算是結束了，對吧？

第十章

「禹曦文！我不是再三囑咐過妳，爲什麼妳還是忘記買太陽餅和雞爪凍？我哪裡對不起妳了？妳說啊！」王皓群在我的座位旁邊鬼吼鬼叫，誇張的反應讓辦公室的同事紛紛掩嘴偷笑。

「我就忘記了啊，拜託你冷靜點好嗎？不過就是食物而已。」我隨口敷衍，一心專注在手中的資料上，Abe尚未發表的服裝新品照剛剛送到，我一邊翻閱，一邊想著該如何搭配。

「不過是食物？不！我可能會因爲少了這些食物而被殺！」他站起來往外走，「我下午要請假，坐高鐵去買，禹曦文，這全都是妳的錯！」

「爲了太陽餅和雞爪凍請假？你是白痴喔？」我白他一眼，當他胡言亂語，沒想到他下午還真的請假專程殺到臺中，他那個住在國外的朋友到底是多可怕啊？

收到Abe的新品衣服時，我call來小佐，討論這次Abe新裝的穿搭企畫，不得不說Abe的衣服相當有品味，每一套都好看到可以當封面主打。

忙碌的時間總是過得特別快，將Abe衣服簡易搭配過，並寫好企畫案呈到總編桌上時，已經是晚上十一點了。

小佐打了個大哈欠，睡眼惺忪地跟我說了再見，我打電話叫了輛計程車，在關掉辦公室的燈前，回頭看了一眼自己堆滿資料的辦公桌。

對我來說，這才是現實。

「曦文，妳聽我說！現在的小孩眞的越來越難教了，一個個人小鬼大，手機機型還比我的貴！」我一回到家，關詩璇立刻衝過來討拍，向我哭訴她今天又被高中生戲耍。

「乖乖，我先去洗澡。」我拍拍她的頭說。

關詩璇停止抱怨，皺起眉頭，「妳怪怪的喔，好像不太一樣。」

「哪裡不一樣？」

「說不上來。」她盯著我看了好一會兒，實在看不出個所以然，悻悻然坐回沙發上轉開電視，跳出的畫面正好是近來她最愛的那齣連續劇，「這死小三眞是犯賤，沒事招惹人家老公幹麼？」

我心中一驚，平時我從不浪費時間看連續劇，但此刻我一反常態坐在沙發另一邊，問起劇情的最新發展。

大意是一對感情平淡的夫妻，因爲第三者的插足而使得三人均身陷痛苦。小三糾纏著丈夫，丈夫也捨不得小三，然而妻子卻不肯放手，複雜的三角關係說起來很老套，卻令觀眾百看不厭。

「第三者……眞的該死嗎？」

「當然該死！」關詩璇飛快答道，幾乎沒有任何遲疑，「同樣的問題妳之前不是問過我了？」

「有嗎？我忘了。」我聳聳肩站起來。

「不過，隨著年紀越大，遇到好男人的機會就更少了。」關詩璇側頭笑著對我說：「與其把目光放在有婦之夫身上，不如努力從認識的人裡面挖掘好男人，特別是學生時代認識的男人，說不定隱藏著潛力股。」

「如果學生時代認識的男人也都結婚了呢？」

她直視著我，果斷回答：「那也不能當小三。」

我扯出一抹難看的微笑，關上浴室門，打開水龍頭，讓水聲掩去我的嗚咽。

王皓群下臺中特地多買了幾盒太陽餅分送同事，唯獨沒有我的份，他說這是對我的懲罰，我無所謂，反正我也不愛吃太陽餅。

「妳在看什麼？」他故意在我面前大口咬下太陽餅，餅屑掉了滿桌。

「總編同意了企畫內容，所以我正在挑選主打衣服回傳給Abe確認，晚些還要跟Abe、Ciel兩方敲定拍照時間。」我翻看桌上凌亂的資料，隨手將桌上的太陽餅屑掃到地上。

「妳把食物殘渣弄得滿地都是，這樣打掃阿姨會很辛苦。」他語重心長地勸說。

「這些食物殘渣是誰掉的？惡人先告狀，你怎麼這麼幼稚？」我橫他一眼。「而且你不是不愛吃太陽餅嗎？爲了氣我特地吃給我看，你是今年剛升幼稚園大班嗎？」

「妳！」王皓群怒瞪我，然後做了個嘔吐的動作，把沒吃完的太陽餅丟進我的垃圾桶，換來我狠狠踩過去一腳。

我先是和Ciel的助理約定了幾天後拍攝，地點就在Ciel的專屬攝影棚，隨後又與Abe的周子瑜聯絡，對於我們構思的企畫，以及成功協調Ciel應允出任攝影，她既訝異又滿意。

「希望我們合作愉快。」她在電話那頭說。

「好的，我們一定會拍出相當好的成品。」

掛上電話，一切順利得有如神助，我已經可以想像雜誌熱銷的光景。

一回到家，關詩璇依舊坐在電視機前觀看那齣正在熱播的連續劇，嘴裡還一邊咒罵小三，我覺得心虛，逕自回到臥房，躺在床上發愣。

第三者的定義是什麼？

是夫妻結婚後，丈夫身邊突然多出來的那個女人？

那如果那個多出來的女人，不是「突然」多出來的，而是早在那對夫妻結婚以前就存在的人呢？

我在十四歲那年，就將我全部的愛情都給了易辰光，此後遇到再完美的對象，我給出的都不是純粹的愛情，不過從他們身上換取一時的歡愉與陪伴罷了。

假設今天結婚的不是易辰光，而是我，我想我還是會做出同樣的事，我會為了這個占據我生命重要地位的男人失去理智，我還是會擁抱他，只為了不再留下任何遺憾。

如果從此不再相見，我和他，還能算是外遇嗎？

而我，還算是小三嗎？

其實我知道自己只是在掩耳盜鈴。

是否是一段關係裡的第三者，不是「突然多出來」或是「以前就存在」的區別，而是不被法律認可的那一個人。

算不清從臺中回來後，我到底哭了幾次？明明說了再見，卻又無法割捨。

幸好，我和易辰光沒有留下彼此的聯絡方式，因爲我知道，只要再見到他，我就會牢牢抓緊他。我的理智只容許我割捨他一次。

「曦文，妳吃過飯了嗎？」關詩璇敲門，語帶關心。

「我不太舒服，想先休息一下。」我的聲音帶著難以遮掩的哽咽，連妝都沒卸，埋頭睡到天亮。

接下來幾天我都在忙著挑選合適的模特兒，畢竟是Ciel掌鏡，且又是Abe的衣服，小模們都相當興奮，極力想爭取這次機會。

我從合作過的模特兒裡挑選了幾個不同屬性的女孩，有的成熟性感，有的端莊大方，還有一個是Abe指定的模特兒。

到了拍照當天，我和小佐手提兩大袋，行李箱也塞滿服飾和道具，坐上計程車前往Ciel位於士林的專屬攝影棚。

「他的專屬攝影棚居然有一百多坪，眞是誇張。」從坐上車，小佐便說個沒完。

我提醒她，這類大牌攝影師一定有很多怪癖，光看助理的態度便可知一二，「說話千萬小心，就算他跟我們簽了約，但只要他一個心情不好，寧可違約不拍，這期的雜誌便得開天窗。」

小佐點頭，「放心，跟在妳身邊讓我學會很多，至少最基本的察言觀色技能絕對有點滿。」

「那就好。」

到達目的地後，Ciel的專業團隊就是不一樣，工作人員早早就定位，化妝師正在幫模特兒化妝，我和小佐連忙將衣服放到準備室去。

「嚇死人了，不是表定九點進場嗎？現在才八點半，絕大多數工作人員都就定位了。」小佐一面將衣服從行李箱中取出掛在架子上，一面輕聲對我說。

「看樣子Ciel有個相當專業的工作團隊。」我滿意地笑了，跟優秀的人合作，事半功倍。

當我們將衣服依序吊掛在衣架上後，幾名完妝的模特兒走進房裡試穿。我從架上拿了兩件洋裝給小模，一件碎花蕾絲裙給Abe指定的模特兒。

「沒想到妳們能搞定Ciel，他可是很少接雜誌拍攝的案子。」Abe指定的模特兒大大方方地在我面前換穿衣服，雖然從照片就看得出這名特兒很美，但見到本人又是一番驚豔。

她有著一雙水靈靈的大眼睛，皮膚吹彈可破，飄逸的長髮飄散著花香，整個人就像是陶瓷娃娃般精緻。

「謝謝妳，請問該怎麼稱呼妳？」既然是Abe指定的專屬模特兒，想必一定不是簡單人物，禮多人不怪，我的態度很客氣。

「叫我若琳就可以了，啊，先說清楚，我是普通上班族，只拍Abe的服裝，所以也沒有經紀人，千萬不要問我檔期、約我拍照什麼的。」她穿上衣服後撥了下頭髮，「走吧，Ciel也差不多準備好了。」

我和小佐對看一眼，怎麼是她領著我們啊？

走進棚內，所有參與拍攝的模特兒皆已到齊，站在場邊由化妝師做最後妝容的調整，電腦前坐著一男一女，兩人和燈光師協調照明亮度，場內正中央則站著一個男人，正低頭檢查相機。

「Ciel！今天又要麻煩你啦！」若琳興高采烈地衝過去，用力拍了下Ciel的肩膀。

「那就是Ceil啊。」小佐說。

「快下雨了。」Ciel沒理會若琳，自言自語地說道，那竟是我朝思暮想卻不得不強迫自己忘卻的聲音！

「Ciel你眞的很奇怪，乾脆改行去氣象局算了。」若琳挖苦他，而我以前也對他說過同樣的話。

「對了，她們是《MIZS》的編輯，竟然能說服你接下拍攝的工作，不容易啊！」若琳說完便走到場邊，讓化妝師補妝。

我呆立在原地，無法移動腳步。

「您好！要請您多多關照了！我們是《MIZS》的服裝編輯！」小佐見我沒有反應，連忙彎腰打招呼，還用手肘輕輕推了我一下。

Ciel轉過身，同時窗外響起悶悶的雷聲。

「我是Ciel。」易辰光轉動手上的相機鏡頭，眼中不見一絲意外，直直地看著我。

易辰光就是Ciel。

哪有這麼巧合的事！

直到他舉起相機、對著模特兒按下快門，我還處於震驚之中。

所以，早在同學會上，易辰光就知道會再見到我了？提供給Ciel的所有資料都有我的署名，而在同學會上，易辰光也看過我的名片。

他知道我們會再見面……為什麼他不跟我說？

我握緊雙拳，我已經跟他告別了！

以前想見卻見不到，當我可以見他，卻做好心理準備不再見他時，偏偏又讓我們重逢，命運為什麼要這樣對我？

「來，若琳往後退一些，另外兩位往前，對，眼睛看向我的左後方，就是這樣。」

Ciel……或許我該稱呼他易辰光，他手上的快門沒停過。

小佐站在電腦後面，一臉讚嘆地盯著螢幕，招手要我過去。

「連我這門外漢也看得出來，Ciel拍得真的很好！」

我緩步踱過去瞥了一眼螢幕，我從沒想過，當年拿相機隨便亂拍的易辰光，現在居然靠這個吃飯，作品還是業界頂尖水準。

「下一套。」易辰光停止拍攝走向我，我屏住呼吸，他卻繞過我來到螢幕前。

「我看看照片。」他對助理們說。

「一套衣服這麼快就拍完了？」小佐訝異地問。

易辰光看了她一眼，微微一笑，指著電腦說：「有些攝影師要從一百張照片中，才能挑出十張好的，有些攝影師只需要從五十張照片裡挑就足夠了。」

易辰光自負的回應讓他的助理們都笑了，小佐則是尷尬地輕扯我的衣角，期待我打圓場，我卻傻傻地盯著易辰光。

「下一套，快準備吧。」易辰光轉頭繼續看向螢幕，小佐拉著我往準備室走去。

「下一套是短版洋裝，曦文，妳今天怎麼一直在發呆？」小佐皺眉。

「沒什麼，編號XC85492那件我出門前撤掉了，換成ZE那件，還有這一件是若琳的。」我在搞什麼，現在可是在工作，千萬不能被私情壞事。

先不論Ciel就是易辰光，這可是件大案子，不容許絲毫差錯。

快速協助模特兒們換好衣服後，我和小佐先備好下一套換穿的服裝，才走出準備室想觀看拍攝進度，就聽見易辰光和燈光師正在進行討論。

易辰光瞇眼打量窗外，大雷雨已轉爲毛毛細雨。

「到戶外拍吧。」

「戶外？可是Abe的衣服……」小佐不安地看著我。

我上前一步，「不好意思，衣服都是我們向Abe商借的，不能確定這些衣服淋到雨水是否會有所折損，如果可以的話還是先棚拍，預定的外拍日期是……」

「如果Abe的衣服淋點雨就壞了，誰還敢買？」易辰光質問我，語氣卻不顯嚴厲。

「這……」

「況且，誰又知道預定外拍那天，光線是否符合我的需求？所有人準備，到外頭去。」他說完便戴上鴨舌帽，捲起褲管。

一聲令下，助理、燈光師、模特兒全體動員。

「不用擔心啦，Abe的衣服沒那麼脆弱。」若琳在經過我身邊時拍拍我的肩膀。

「曦文，怎麼辦？要是衣服髒了洗不掉，我們要賠啊！」小佐緊張兮兮地說。

我深吸一口氣，「Abe不是第一次和Ciel合作，應該習慣了Ciel的率性和要求，只要不是摔進水坑裡，想必Abe不會計較太多。」

說完，我跟著眾人走進雨中，眼角餘光瞥見易辰光的嘴角得意地勾起。

將近四十套衣服，短短五個小時便全數拍攝完畢，我一邊整理衣服，一邊覺得不可思議，動作快的攝影師不在少數，但動作快又拍得好的攝影師一隻手數得出來。

臨時起意的外拍，雨的點綴讓照片產生了像是置身在另一時空的朦朧美感，若琳一張站在鐵皮屋前的照片，彷若迷途妖精誤闖入人類世界。

「辛苦啦！」以若琳為首，幾個模特兒向我們道別，準備同坐一台計程車去吃飯。

我和小佐拖著行李箱，正準備打電話叫車時，易辰光走了過來。

「所有照片都存在這裡，挑選完請通知我的助理，妳們決定使用哪幾張。」易辰光遞給我一個硬碟，隨後側過身去收拾他的相機。

「我……」咬著下唇，我到底想要說什麼？「我知道了，那我會再與您聯繫，今天謝謝您了。」

我再次向易辰光頷首致意，便同小佐扛著大包小包的衣物往外走。和易辰光說過話後，我只覺得呼吸困難，迫不及待走到戶外呼吸新鮮空氣，此時一台車駛進了路邊的停車格。

王皓群撐著傘從駕駛座上下來，我皺眉問：「你怎麼來了？」

「我們家老大要我代表業務部來打聲招呼，所以我算了可能結束的時間提前過來，想說順道接妳們回公司。」王皓群探頭往攝影棚裡頭看，壓低聲音問我：「怎樣？Ciel會不會很難搞？」

我搖搖頭，虛弱一笑。

「妳都憔悴成這模樣了，還說不難搞，Ciel本人是有多恐怖啊！」王皓群戰戰兢兢地說，「沒辦法，來都來了，還是必須去問聲好，Ciel是穿黑衣服那位吧？」

我跟著回頭往攝影棚裡看去，對上易辰光的眼睛，我指示小佐先將東西放到車上，便帶著王皓群走向易辰光。

「Ciel老師您好，感謝您的應允合作，這是我的名片，我是《MIZE》廣告部主任王皓群，未來還有許多配合機會，還請您多多指教。」王皓群將名片遞給易辰光。

「明白了。」易辰光接過名片，看也不看便塞入口袋，轉頭繼續和助理討論下一場工作。

王皓群不愧是專業業務，面對易辰光冷淡的回應，仍維持一貫的笑容，禮貌性地表示不多打擾，迅速帶著我離開了。

而我，自始至終都不發一語。

回到公司後，王皓群馬上投入了自己的工作，我和小佐則忙著整理Abe的衣服，所幸衣服雖然淋了點雨，卻沒什麼大礙，只需要以蒸氣重新熨燙過即可。

話雖如此，待整理完所有的服裝，時間也來到晚上九點，小佐頭暈腦脹地將最後一箱衣服打包好，便先行回家了。

我則是坐在電腦前，深吸一口氣，開啓瀏覽器輸入了「攝影師Ciel」。

搜尋的結果如同以往，只看得到他的作品，就算有他本人的照片，也都是不清楚的側面或背面照，所以我在搜尋列加入了「易辰光」三個字，並按下Enter鍵。

我一一點入搜尋結果的連結，其中一篇報導不僅詳盡介紹了他過往的經歷，還有一張他和太太的合照。

從這篇報導中我了解到，易辰光在十五歲那年去往法國就讀美術相關領域，最後卻專精攝影，因一張名爲「孩子的笑靨」的照片開始獲得國際矚目，得了好幾個大獎，事業一帆風順，於二十五歲結婚，無子。

易辰光的太太外貌平凡，但氣質出眾，那就是他選擇的女人。

而照片裡的易辰光氣宇軒昂，再不見當年眉宇間的陰鬱，不知道是因爲他從親生媽媽那裡得到了母愛的緣故，還是因爲他太太照亮了他。

「原來Ciel結婚了啊！」

我被忽然響起的聲音嚇到，下意識按掉視窗，跳了起來，「王皓群！你想嚇死我？」

「幹麼？又不是在看A片，有什麼好緊張的？」他笑我大驚小怪。

「誰跟你一樣在公司看A片。」我關掉電腦，背起包包，「還不下班？」

「正打算要走，看見編輯部燈亮著就過來看看。妳餓不餓？要不一起去吃宵夜？」

「你請客？」我斜眼看他。

「別想拗我！妳又沒幫我買太陽餅！」王皓群露出凶狠的表情。

「我剛剛聽廣告部的經理說，好像某人業績創下新高。」我提高語調，若有似無地瞥了他一眼。

「妳眞的很會拗耶，好啦！走吧。」

我單手握拳，得意地喊了聲Yes。

王皓群領著我來到一間生意不錯的居酒屋，牆壁上掛著許多名人到訪的簽名照，以及用餐客人的立可拍。

我們點了許多串燒，雞豬牛羊洋蔥青椒香菇四季豆等全都點上一輪，另外又點了烤秋刀魚和啤酒。

這家店有我最喜歡的某日本品牌啤酒，原本只想小酌，不料回過神卻發現自己已然喝完一手。

「廣告部應該要挖角妳，妳這酒量勝過我們部門半數同仁。」王皓群喝得滿臉通紅，語氣倒是依舊清醒。

「我怕我跳槽過去之後，你業績第一名的寶座會被我搶走！」我勾起嘴角，乾掉最後一罐，「我可以再點酒嗎？」

「妳還沒醉的話就盡量點吧。」他做了個請的手勢。

等到我終於覺得有些飄飄然時，王皓群搶過我手中的啤酒，替我一飲而盡。

「好了，禹曦文，差不多該講嘍。」他捏扁啤酒空罐，「妳最近怪怪的，特別是今天，一整天都心不在焉，到底怎麼了？」

或許我是眞的醉了吧，若是平常，我大概會隨便說幾句糊弄過去，但此刻，我卻是難以回應，只能別開眼睛顧左右而言他。

「問我之前，你還是先交代了吧，託你買太陽餅的國外友人是你的誰？居然能讓花花公子王皓群這麼緊張害怕，甚至請假專程下臺中？」

他乾笑兩聲，沒料到我會這麼反問，頓時沉默不語。我鬆了一口氣，正想轉移話題緩和氣氛，他卻開口了。

「好吧，就當作是醉話，明天過後，不論妳我記不記得，都不得提起，也不能再過問，如何？」他十分認眞地看著我。
印象中，我從沒見他如此正經嚴肅過，便點頭答應了。
「我有個青梅竹馬，她嫁到國外去了。在她結婚以前，我一直以爲，不論我們各自有過多少戀情，最終陪伴對方的必然會是彼此。我怎麼也料想不到，她會選擇早婚。」
「她懷孕了？」
他搖頭輕笑，「所有人第一時間都是這種反應，不過她沒有懷孕。她的男朋友要到國外工作，所以把她一起帶走了。」
「你愛她？」
「愛啊，從小就愛。」他聳聳肩膀，「愛到這輩子可能無法再愛別人了。」
我心中一揪，原來在王皓群花花公子形象的背後，不是不肯付出眞心，而是他早將眞心給予了另一個人，就如同我。
「她知道你愛她嗎？」
他停頓了一下，「知道。在她婚禮當天，我不小心露餡了，我能從她的眼睛裡看得出來，她什麼都知道了……」
「那她愛你嗎？」我忽然有些鼻酸。
「誰知道呢？我以爲她只是沒發現自己是愛著我的，所以我耐心地等待，等到她交了男朋友，我又認爲或許她對我的感情其實不是愛情，是我多想了。但在她結婚那天，我又覺得，有沒有可能她在發現我一直都愛著她以後，才後知後覺地察覺自己也同樣愛著我……但那又如何？她都跟別人站在紅毯上了。」

王皓群三言兩語說完自己的故事，將話題轉回我身上。

「妳跟Ciel原本就認識？」

他這問題令我大吃一驚，而我臉上的表情顯然已經足夠他得到答案。

他輕輕將手覆蓋在我的手上，「曦文，愛情很偉大，也很重要，可是在那張結婚證書面前，我們的愛情其實很卑微。」

我瞬間紅了眼眶。

什麼樣的愛，讓他願意成全那女孩的婚姻？

而又是什麼樣的愛，讓我即便知道易辰光已婚，寧願犯下被眾人唾罵的過錯，也想要好好地擁抱他？

「如果……我是說如果，如果那個女孩回頭了，可是你身邊早已有了另一個人，而且那個女孩也沒有離婚，你會願意接受她嗎？」

王皓群沒有回答，只是對我笑了笑。

我明白他的意思。

他認爲這樣的假設是沒有意義的，是奢求的妄想，根本不該去多想。

我高高仰起頭，不想淚水滑落，其實答案是什麼，顯而易見。

當我們所愛的那個人近在咫尺、唾手可得時，就算對方另有婚姻束縛，我們眞的能有足夠的理智來壓抑內心多年來積累的濃厚感情？

「你們好，這麼巧。」

當易辰光的聲音毫無預警地響起時，我還以為是幻聽，直到抬頭看見他就站在桌邊，目光不著痕跡地朝我和王皓群交疊的手一瞥而過，我才茫然地想著他怎麼會出現在這裡。

「王先生、禹小姐，剛下班？」

「您好，您也剛結束工作嗎？要不要一起坐下聊聊？」王皓群花了一點時間才換上工作用的標準笑容，拉開旁邊的椅子。

「我和助理們來吃點東西，正要離開，你們呢？」易辰光沒有坐下，臉上帶著微笑。縱使許久不見，我還是分辨得出易辰光的笑容是真是假。

王皓群看了我一眼，示意我來回答。

「我要回去了。」我驀地站起，卻因為起身的速度過快導致有些頭昏，一個身形不穩，易辰光立即攙扶住我。

「沒事吧？」

他的聲音近在耳邊，我腦中思緒混亂，像是回到那一個午後。

「沒事，我先回去了。」我推開他，對王皓群尷尬地笑笑，「那我先走了。」

「我送妳吧。」王皓群關切地提議。

我拒絕了，「你也喝了酒，就別開車了，坐計程車回去吧，到家報個平安。」

「我知道了，那我先告辭了，Ciel，非常期待我們未來的合作。」他向易辰光伸出手，兩人客氣地握了握手，我則趁機快步走出居酒屋。

深夜的臺北街頭依然車來車往，我追著一盞又一盞的路燈，踩著自己的影子前進。

「曦文。」

我全身一震，卻沒有轉身，「你怎麼跟來了？」

「我家也是這個方向。」

說謊。

我繼續往前，不打算回頭，也不理會易辰光，而他則保持著一小段距離，不快不慢地跟在我身後。

一路上我不斷聽見卡嚓聲，終於我側頭看了過去，易辰光對著我又按下快門，他現在是怎樣？白天工作相機不離手，晚上還繼續拍？

「剛才那個人是妳男朋友嗎？」易辰光收起相機，疾步跟上我。

「不是。」易辰光這句問話讓我很生氣，我啞聲否認。

「那為什麼他的手……」他停了下，算他聰明，沒有再問下去。

我走到十字路口等待紅綠燈，易辰光也走到我身邊停住。

「你家不可能往這方向，請別跟著我了。」

「妳該檢討，是狗要送主人，不該主人送狗。」他的口氣忽然轉為強硬，我心下大怒，轉過身瞪他。

「誰是你的狗？你離我遠一些！」我推他，但醉意上湧，那一推顯得軟弱無力，反倒讓他輕易抓住我的手腕。

「以前是我的狗，就該一輩子都是我的狗！不准對其他人搖尾巴，不准對其他人示好！」易辰光對著我大吼，那聲音大得蓋過了呼嘯而過的車聲。

我瞠大眼，幾乎不敢相信，「你憑什麼說這樣的話？憑什麼？」

易辰光也發現自己失言，他震驚地鬆開我的手腕。

「你憑什麼啊！你是我的誰啊？你什麼人啊？」我咄咄逼人，忍不住一拳又一拳地搥打他。

「是誰先消失無蹤？是誰連一點消息也沒有？」手疼了，眼淚掉了，頭髮也亂了，我像是潑婦罵街般衝著他繼續喊道：「又是誰先結婚了？是誰？現在又這麼自私……」

我泣不成聲。

「易辰光，你為什麼要結婚？」近乎呢喃的問句，我知道他聽到了，他的眼神和我一樣痛苦。

他猛地環抱住我。

緊緊的、深深的擁抱。

明明不該再見面的啊、明明不該的啊！

千言萬語，化為交纏的舌，如果淚水已經停不下來，我寧願是在他的懷中哭泣。

也許第一次，我們還能說是給過去的自己一個交代。

可是第二次，說什麼都沒有藉口。

第十一章

側過身端詳易辰光的側臉，他闔著眼，睫毛很長，髮梢恰到好處地蓋在他的眉毛上，而他的無名指上，沒有戒指。

他的側臉、身體、聲音、笑容、眼神，甚至是說話的方式、呼吸的頻率，他所有的一切我都喜歡，我愛他愛得好痛苦。

即便會傷害別人，即便會傷害自己，我還是想愛他。

擦去眼角的淚水，我起身想去沐浴，卻被他拉住手腕，轉眼又被他壓在身下。

「去哪？」他狡猾地笑。

「我以爲你在睡覺！」

「妳看著我的目光那麼熱情，我不敢張開眼睛。」

「我、我哪有！」我紅了臉。

結果，我們又折騰了一陣子，最後在早上六點匆忙退房，我招了輛計程車坐上去，想回家換身衣服再去公司，關上車門前，易辰光又給了我一個吻。

「晚點見。」他對我揮手，我完全不敢去看計程車司機的表情。

一個二十七歲的女人，早上從旅館出來，還和男人當街親吻，計程車司機不知道會怎麼想我們的關係？

我進門的聲響，吵醒睡在客廳沙發上的關詩璇，她睡眼惺忪地看著我，過了好一會兒才回過神，衝著我橫眉豎眼。

「我以為妳被綁架撕票了！為什麼不接我電話？妳知不知道要是七點前還聯絡不到妳，我就打算報警了！」她氣呼呼地說。

我不斷向她道歉，待她氣好不容易消了些，我便趕著回房間換衣服上班。

「等等！妳怪怪的，身上有沐浴乳的味道，妝也卸了，妳昨晚去哪了？」她瞇著眼睛打量我。

我心虛地迴避她的問話，「我加班很累，可不可以晚上再說？我晚上會買宵夜回來，先讓我去換衣服啦！妳也快點準備出門了。」

在我好說歹說下，關詩璇心不甘情不願地放我一馬，還不忘叮嚀，要我晚上務必給她一個交代。

如同昨天在居酒屋所約定的，王皓群見了我之後，一句話也沒有多問，就連最後易辰光追著我跑出去，他也隻字不提，好像我們不曾一起去吃過宵夜、聊過那些事。

而我也是，儘管得知王皓群心裡住著一個永遠不會離去的人，不免為此對他未來的伴侶深感同情，但在他面前，我仍表現得一如往常。

「這些照片都太完美了，幾乎每一張都能當封面！」小佐嘖嘖稱奇地和我一同篩選昨日拍攝的照片。

這個時代，所有刊載在雜誌上的照片都會經過修圖，諸如髮絲沾黏在模特兒臉上、衣服的皺痕太多或色調不協調等缺憾，皆會透過電腦軟體加以修正，因爲人非完美，天象也不一定能如預期所想，修圖就成了不可或缺的重要步驟。

可是我必須說，Ciel的照片不需要後製，他拍下的每一張照片都近乎完美，就連模特兒身上也不見任何瑕疵。

「到底是怎麼做到的？」我不禁脫口而出。

「光，是攝影裡的神。」

「什麼？」我猛地回頭，對於王皓群的神出鬼沒已見怪不怪，我比較在乎他剛剛說的那句話。

「『光，是攝影裡的神。』這是Ciel說的。」王皓群將手上的商業雜誌遞給我，翻開的頁數正是Ciel的專訪，「這是兩年前的報導了，那句話是Ciel的口頭禪。」

我眼睛一陣酸澀，那是好久以前，我對易辰光說過的話。

「Ciel果然很厲害。」小佐讚嘆不已，「對了，你找我們有什麼事嗎？」

「通知妳們一聲，廣告部剛剛敲定了和Ciel的另一場合作，要麻煩妳們在這星期商借好衣服，到Ciel的攝影棚拍照。」

「沒想到這麼快又要跟Ciel大師見面了！」小佐又驚又喜。

「也是拍Abe的東西？」我問。

「是啊，Abe開出相同的條件，指定拍攝的模特兒，且指定Ciel擔任攝影師，我知道妳們這星期要趕稿，但還是拜託了。」王皓群交代完便匆匆離去。

最後我和小佐在左右爲難下選出了二十張照片，回覆給Ciel的助理，接著開始進行稿件的撰寫。

我一面在Word打上「灰色格紋×無印花素面，異素材MIX」或是「以男性化剪裁勾勒出女人味」等文案，一面寫上照片編號。

雜誌上看似簡單也經常被忽略的服飾介紹文字，是服裝編輯的重要工作之一，既要以文字表現出服裝特色，同時又不能太過死板。

加班對我們這行來說是家常便飯，我督促自己盡量不要超過晚上八點半下班，但一忙起來常常會破功。這一天回到家已近十一點，關詩璇昏昏欲睡，沒有精力再追問我昨天的行蹤。

接下來好幾天我都忙碌得要命，一整天待在電腦前，連中餐和晚餐都是一邊工作一邊扒幾口飯解決。

好不容易終於趕上交稿時限，而後又要校稿與來回修改，確認再無錯誤才能送印。當這一波截稿期告一段落後，我才有空靜下心，仔細看著手機裡的訊息。

我的熱鍵九，已經換成了易辰光的手機號碼。

兩人工作都忙，我們有一個多星期沒見面了，不過每天都會抽空聯絡。

有時他會傳他午餐的照片給我，我則會回傳宵夜照給他；他會跟我說早安，而我會跟他道晚安。

我們這樣的關係，是不正常的對吧。

這一次與Ciel的合作，拍攝對象只有若琳一個模特兒。小佐臨時被總編叫去辦事，只有我單獨帶著和Abe商借的衣服來到Ciel的工作室。

離預定拍攝時間還有一個多小時，所有人卻都已經就定位，著手準備前期作業。坐在電腦前的不是我上次看見的助理，而是一位穿著合身剪裁套裝的女性，她手裡拿著易辰光的相機，正在察看裡面的照片。

應該是Abe的工作人員，或是Ciel的另一個助理吧。

「禹小姐，麻煩妳看一下這件衣服。」我認識的那個助理在另一頭跟我招手，「我們想更改衣服的拍攝順序。」

「好，直接更改沒關係。」我回道，這時坐在電腦前的女人轉過身，當我看清她的面容，頓時宛若石化，無法動彈。

她長得不是特別漂亮，卻相當順眼，氣質出眾。

我認出她是易辰光的太太。

「要走了嗎？不等Ciel？」助理問他太太。

「不了，事情也不急。」女人微笑，抬頭挺胸朝我走來。

在擦身而過的瞬間，她微微向我頷首，筆直地往外邁步。

而我用盡了全身的力氣才不至於落荒而逃，在他太太面前，光是站著不動，就已經很吃力了。

我抑制不住雙手的顫抖，忽然驚覺自己到底做了什麼。

「愛情很偉大，也很重要，可是在那張結婚證書面前，我們的愛情其實很卑微。」

王皓群這番話我不是不懂，但直至此刻，我才深切體會到何爲卑微。

我的愛情沒有錯，然而，在他太太面前，我連站都站不直。

這裡不該有我的存在。我往後退一步，卻撞上了後頭的人。

「唉唷！」輕柔的嗓音和纖細的身軀，是若琳。

「天、天啊！妳沒事吧？」我趕緊確認她有沒有受傷，要是模特兒受了傷，今天的拍攝就可以收工了。

「沒事啦！」她嘿嘿笑了幾聲，忽然定睛看我，「妳才沒事吧？」

「啊？啊！」我連忙擦掉眼角的淚水，「沒事。」

她靈巧的大眼睛在我臉上打轉，接著拉著我往電腦的方向走去，「我跟妳說，心情不好的時候就要看Ciel拍的照片，保證心曠神怡！」

「可是……」

「我和他很熟了，常常這樣做。」若琳直接取過方才易辰光的太太拿在手上的相機，翻看存在裡頭的照片，「妳看這一張，這隻貓的眼神超療癒的！還有這一張，天啊，這狗狗的眼睛怎麼會這麼圓！」

若琳笑著對我說，「很多攝影師會分別使用兩台相機，一台工作用，一台私人用，但Ciel的相機公私混用，簡直沒有祕……密……」

若琳猛地停下話，以一種百思不得其解的表情盯著相機螢幕。

我跟著望過去，沒想到畫面裡竟是我的側臉，那應該是那天晚上離開居酒屋後，易辰光跟在我身後拍下來的。他喜歡偷拍我的習慣還是沒變。

「那晚剛好在街上遇到，Ciel才隨手拍了幾張吧。」爲了怕誤會，我找了一個理由，但若琳沒有回應，而是繼續翻看其他易辰光先前拍攝的照片。

大多都是工作上的照片，偶爾參雜幾張風景照或是動物照，而且不意外的，我看到了一些愛情花的照片。

接著螢幕上出現若琳的身影，是我們第一次合作拍攝Abe服飾時的照片，再往前看了幾張，換我成了照片的主角。

「他偷拍了妳很多張照片。」若琳若有所思地說。

沒想到第一次來這裡棚拍那天，易辰光還拍了我，而我居然沒有發現。

「也許是在練手感，或是隨意按下幾次快門吧。」

這樣的理由也都說得過去，我不覺得是強作辯解，但若琳卻放下相機，仔細端詳我好一陣子。

「怎麼了？」我被她看得有點心虛。

「這件事幾乎是業界半公開的祕密了，Ciel也沒想過要隱瞞，只是一般人不知道，記者也不曾報導過。」

「什麼？」

「除了工作，Ciel是不拍人像的！」若琳拉近與我的距離，「只要並非出自工作上的需求，Ciel是不拍人的，只拍花草動物風景建築，甚至連他的老婆都不曾入鏡。」

「有這種事？」

「所以Ciel爲什麼會拍妳？」若琳圍著我繞了一圈，我想解釋，又不知道該怎麼說。

「算了！反正不關我的事。」

她轉身就往準備室走去，我愣在原地不動，直到她側頭朝我看來：「不幫我準備衣服嗎？」

「呃，當然要，走吧。」

在準備室裡，若琳聊起自己的生活，像是她和高中死黨下星期要去日本玩，或是公司同事很討人厭之類的閒話，完全沒再提及方才的話題。

當我們走回棚內，易辰光已經站在場中央調整相機。隔了將近半個月才再見到他，我心中漾滿歡喜，也許是因爲我情不自禁笑了，所以當易辰光抬頭望過來時，表情才會那麼柔和。

工作結束後，我收拾好衣服，正打算叫車回公司，易辰光不著痕跡地看了我一眼，我頓時明白他要我留下來。

所以我又重新整理了一遍衣服，反覆檢查衣服單號是否有誤，就這樣磨磨蹭蹭地等到攝影棚的人逐一離開。

總覺得有很多話想問他，但只剩下我們兩人時，又不知道該說什麼，我從椅子上站起，易辰光忽然從後方環抱住我。

「好久不見。」

就這麼簡單一句話，讓我莫名心酸。

「嗯，大家工作都忙，畢竟我們的生活圈不同。」我的回答太過冷漠，易辰光苦笑了下放開我。

「心情不好？」

我搖頭，任由他的左手拉過我的右手。

他左手無名指上沒有戒指，可我還是想起了他的老婆，以及若琳所說的話。

他老婆一定也知道易辰光私下不拍人像，當她看見相機裡有我的照片時，心裡是怎麼想的？爲何還能維持鎮定？甚至在轉身看見我的瞬間，還能帶著笑容向我點頭？

刹那間，排山倒海的罪惡感幾乎要將我壓垮，我和易辰光之間的感情再深厚，這十三年裡再如何深切地思念對方，也不能否認他已然有了一段我無法參與的過去。

而我和他，也不可能有未來。

縱然我們多麼相愛，縱然我們一起經歷過許多，縱然我們相互扶持，可是當這些情感化爲「外遇」二字時，世間有多少人能理解我們的愛情？

誰不會批判？誰不會說外遇了就是不對？

所有人都會撻伐小三毀了別人的家庭，所有人都會維護正宮太太，保障她在婚姻中的權利。

那張薄薄的結婚證書，代表著法律的認可。

一旦Ciel爆發醜聞，絕對會成為媒體追逐的焦點，不會有人在乎我和易辰光之間的情感有多麼真摯，只會以此作為茶餘飯後的閒談。

我們的愛情，在旁人眼中，只是一個見不得光的醜聞。

而我最不希望的就是，我們的愛情被污名化。

「怎麼了？」在我用力甩開他的手後，易辰光皺眉。

「易辰光，我們到此為止吧，夠了、夠了！」

他沉著臉。

「這是不對的，是錯的！我們不能再繼續下去了！」我往後退一步，想與他拉開距離。

「妳覺得我們做錯了？」他問。

「感情沒錯、我們也沒錯，可是發生在這個時間點……就是錯了！」我不能哭，都二十七歲了，我必須用成熟的方式應對一切，因此我竭力擠出笑容，儘管我明知那樣的笑容有多難看。

「禹曦文，我知道自己這麼做不對，可是我好不容易又見到妳了，說什麼我也不會放手。」

「那你老婆呢？她又算什麼？」我別開眼睛。

易辰光忽然將桌上的一疊資料夾大力掃向地面，發出一聲巨響，他握緊雙拳，雙眉緊蹙，眼神充滿陰鬱。

我心中一凜，不禁有些害怕。

「妳以前明明很愛哭，現在卻不哭了。」他淡淡說。

「人是會變的。」我的聲音微微顫抖。

「人的本質不會變！」

我想反駁他，易辰光卻用力捶向桌子，打斷我想說的話，「同學會那天，妳笑著跟我說再見，現在也笑著對我說要中斷關係，妳以爲只要讓自己笑著，就能雲淡風輕地放手？妳那種樣子只會讓我看得更不爽。」

我捂住嘴巴，再也笑不出來。

「不論重來多少遍，不論我身邊有誰，只要再見到妳，我都會做出一樣的選擇！」易辰光朝我走近，而我步步後退。「如果我可以抱緊妳，爲什麼要放妳走？」

「可是易辰光，你有想過你老婆嗎？你有想過她是懷著什麼樣的心情在家等你嗎？她今天看見了！看見你的相機裡有我的照片！」我對他吼道，有那麼一秒，他的眼神閃過錯愕，不過他很快又朝我逼近。

「在思考她的事以前，我會先想到妳。」他用力抱緊我，「妳以爲我爲什麼學攝影？

是妳說過要照亮我的生活，是妳說光就是攝影裡的神。」

「放開我……」我推著他，卻掙脫不了。

「曦文，對我來說，妳就是我的光，是我生命裡的光啊！」他的聲音變得沙啞，「這幾年來，每次遭逢困難，我都會想妳一定也在某處努力，妳是微小卻明亮的光，努力始終想要照亮這個世界，所以我不能被黑暗吞噬，爲了也許可能會有的相遇，我必須讓自己配得上易辰光這個名字。」

「易辰光……」我停止掙扎。

「當我媽掐著我的脖子、黑暗襲來的瞬間，我唯一能看見的是妳的臉，妳是我黑暗中的光，是妳讓我逃離黑暗，握住光明。現在我在這裡，妳也在這裡，爲什麼我不能掌握住妳？」

「易辰光，我很感激能遇到你，感激命運讓我們重逢，感激你現在過得很好，我不信神，但我想感謝祂，讓你現在可以站在我面前。」我咬著下唇，「但這麼做眞的不對！我很高興可以再次見到你……可要是早知道我們會落入這種進退兩難的局面，還不如不要重逢……永遠不知道對方身在何處，永遠在心中想著對方就好……」

易辰光把我抱得更緊，緊到讓我覺得疼痛、覺得呼吸困難。

「妳眞這麼想？永遠不要見面？永遠在心中想念？」易辰光大吼，憤怒又悲傷，「如果見不到面、不知道對方在哪裡，只能永遠靠回憶支撐下去，那跟死了有什麼兩樣？」

我倒抽一口氣，他這樣的心情我很了解，我一直都知道，若他再次站在我面前，我必然會拚命抓住，死都不會放手。

只靠著回憶生活，那跟死了有什麼兩樣。

「我們的愛情……只有一片黑暗的未來……」我想起易辰光過去是怎麼看待愛情的，不由得模糊了眼眶。

而此刻他在我耳邊輕笑，「愛情的最後是一片黑暗，我早就告訴過妳了。」十四歲的我，只想守護易辰光這個人，怎麼二十七歲的我，更在意起社會的眼光？

我伸出手，緊緊地回抱住他。

我們的愛情，也許最終也會是一片黑暗。

也許就像愛情花一樣，即便再小心呵護，仍然逃不過凋零的命運。

但就算被世界唾棄、踐踏、謾罵、嘲笑，那又如何？

最重要的是易辰光，只要能抓住他、守護著他，一切便值得了。

就算是遭人撻伐的第三者，我也認了。

◆

腳踩在閃閃發光的石磚路上，像是踩在銀河之上，在夜晚為人們照亮腳下的路。

「看我這裡。」聽見易辰光這麼說，我朝他瞥了過去，而他抓準時機按下快門。

「以前你拍我的那些照片，到底有沒有洗出來？」現在是數位時代，照片直接存在電腦，但以前可是使用底片留影，每一張都必須經過沖洗，才得以顯現畫面。

「當然有，都在我那裡。」

「那爲何從來都不拿給我看，也不洗給我？」

「這問題妳以前也問過，那時候我是怎麼回答來著？」他裝模作樣問。

我邊嘆氣邊打了他一下，「你說照片很醜，怕我被自己的樣子嚇到。」

「我以前嘴巴也滿壞的。」他笑。

「你才知道？」

「妳現在還懂得消遣我了？」

「好啦，快說，爲什麼？」

「其實本來是打算等拍滿一本相簿，再把整本相簿送給妳，順便告白。」他摸摸鼻子，而我也甜蜜地笑了起來。

我們像是笨蛋情侶一樣，一把年紀了還在路上打情罵俏，如果我是路人，看了一定會想翻白眼。

但人生中有幾個人可以和我一起當笨蛋？可以讓我從精明能幹的工作狂人變成智商爲零的傻白甜？我應該是非常非常喜歡易辰光，才會有這樣的轉變吧。

他拉著我坐在路邊的長椅上，我握緊他的手，依偎在他的肩頭，「爲什麼你會變成Abe的指定攝影師？」

「Abe裡有個姓周的設計師，我和她在法國讀書時是同班同學，只是後來我改攻攝影，她則從事服裝設計，算是朋友間的互相幫忙吧，好在她設計的衣服不錯，我也拍得還不賴，互相幫襯提高知名度。」

「原來是這樣啊……所以你才會以Ciel這個法文單字為名？這個字是『天空』的意思吧？」

「我和妳呼吸著不同國度的空氣、踩踏在不同國度的土地上，唯一與妳相連的就只有天空。」他跟以前一樣厚臉皮，並且強詞奪理。

「那你為什麼會答應和《MIZS》合作？」

「我收到妳寄來的資料，看到妳的名字，一度懷疑是同名嗎？還沒來得及查證，就下臺中參加同學會，也遇見了妳，這下不需要查證我就知道是妳，當天我馬上撥電話給助理，要她答應和《MIZS》合作。」他輕靠著我。

「你上次說……這輩子可能再也見不到你媽媽了，那你爸爸呢？」

「我爸啊……我偶爾會和他見面，他現在和我媽在花東經營民宿，但我媽並不想見我，事實上，不見面對彼此都好，也許未來某天我們會見面，但目前還不是時候。」

我握緊他的手，「你會恨你媽媽嗎？」

易辰光久久未答，我抬起頭看他。

「說不會就太假了，但愛與恨是一體兩面，我不完全恨她、也不完全愛她，想必她對我也是如此，所以我才會說，目前還不到跟她見面的時候。」他親暱地摸摸我的頭，「唯一確定的是，沒有她，就不會有現在的我，單就這點來說，我很感謝她。」

我點點頭，終於釐清心中大半的疑問，最後他送我到公司樓下，陪我一起將衣服拿上去，再送我回家。

道別時，他想要親吻我卻被我閃開，他似乎有些生氣。

「如果有狗仔……」我擔心道。

「我還沒紅到狗仔會來偷拍。」他輕佻地笑了，還是在我唇上落下一吻。

拇指輕撫過被他親吻的地方，我站在路邊目送他離去的車燈，直到再也看不見爲止。

其實我最想問的還是沒有問出口。

像是你跟你老婆是怎麼認識的？你愛她嗎？爲什麼你會選擇在二十五歲就結婚呢？你是怎麼求婚的？你和你老婆平日是怎麼相處的？你會擁著她入睡嗎？

吶，易辰光，爲什麼你說愛我，不想放我走，卻又不對我承諾你會跟老婆離婚，要我像以前那樣等你呢？

我甩了甩頭，企圖甩掉那些負面的想法。

期待一個必須回到他與別人共築的家的男人，是沒有意義的，在我知道他已婚之後，仍然選擇了這條路，那麼所有的苦都必須自己吞下去。

因爲我寧願與我愛的人一同走在布滿荊棘的路上，也不願獨自走過繁花盛開的小徑，心中卻永遠懸念著一個人。

第十二章

「妳最近戀愛了嗎？」當我這星期第三次無故晚歸，關詩璇忍不住對我投以關愛的眼神。

「幹麼啊！我是未成年少女嗎？」我關上冰箱門，扭開礦泉水的瓶蓋，仰頭喝下一大口。

「因為妳最近穿內衣都是一整套，而且還都是高級漂亮的款式。」她瞥了眼我晾曬在陽台的內衣褲。

「成套的內衣比較好看啊。」我含混帶過，但關詩璇瞇起的雙眼，告訴我沒這麼容易過關，權衡之下我選擇老實承認，反正只要別說出事實就好。「好啦好啦，是談戀愛了。」

「從哪裡冒出來的野男人？快從實招來！」她一把勾住我的脖子，又叫又跳。

「投降！投降！」我大喊，「別在這裡玩鬧，很危險，我的水要打翻了啦！」

幾番折騰後，總算掙脫她的魔掌，還來不及逃回房裡，她就撲了上來，我倆雙雙摔倒，一個人撞到桌角，一個人屁股著地。

「唉唷！妳有必要這麼激動嗎？」我吃痛地揉了揉屁股，關詩璇則是一邊搓揉手臂，一邊哀叫。

「誰叫妳不說！快說！」她毫不留情地打了我一掌。

「妳好狠喔！」爲了避免更多皮肉痛，乾脆早早招供算了，我避重就輕地說：「是我的國中同學啦，上回同學會重逢後，就走在一起了。」

「哦哦！果然！就說同學會很重要吧！」關詩璇笑得很猥瑣，「出社會後才發現學生時代認識的朋友眞的很重要啊，好在我早就看好一些績優股。」

「那妳爲什麼還是單身？」我白她一眼。

「因爲我要慢慢挑啊！有些幾年後會漲停板，有些暴漲過後會下跌，需要多多觀察。」她坐回客廳沙發上，「所以，妳和妳國中男友舊情復燃了？」

「也不算舊情復燃，畢竟我們沒有交往過。」

關詩璇一聽，眼睛亮了起來，「妳的意思是，以前只是曖昧關係？」

「不算曖昧，該怎麼說……當年沒有特別想過交往，只是很自然地走得很近，我要先聲明，那時我跟他沒有親吻牽手擁抱，什麼都沒有。」

「超清純啊！」她怪叫。

「我那時候才國中耶。」

「那有什麼，現在懷孕的國中生還少見嗎？」關詩璇與我分享了幾個她聽來的八卦，又繞回主題，「話說回來，妳一定很喜歡這個男生吧。」

「怎麼說？」我的心臟猛地錯跳一拍。

「感覺嘍，過去妳談戀愛總是懶懶散散的，有男友跟沒男友差不多，這一次卻很不一樣，妳會爲了男友晚歸，時不時還會傻笑，更別提注重起內衣的款式搭配。最重要的是，我好幾次聽到妳在房間裡偷哭。」

她忽然認眞地看著我，讓我有些困窘。

「曦文，能遇到一個眞正喜歡的人當然很好，可是我們年紀不小了，妳選擇的對象應該是未來能夠陪妳一輩子的男人。在愛情裡付出比較多的那方，容易受傷，陷得越深只會越痛苦。」

「妳怎麼突然這麼感性……」我別過頭乾笑幾聲。

「因爲我很少看妳哭啊，我緊張死了，都不知道怎麼跟妳問起這件事。不過，原來妳也是有眼淚的啊，我本來還以爲妳刀槍不入。」

「沒禮貌，我也是人好嗎？」我敲了一下她的頭，坐到她身邊拿起遙控器打開電視。

「好啦！不管是苦戀暗戀畸戀還是不倫戀，我都支持妳！」她歪頭靠上我的肩膀。

電視跳出她常看的那齣連續劇，看沒兩分鐘，她又咒罵起劇中的小三來。

我輕輕一笑。

等妳得知眞相後，最討厭第三者的妳，會支持我這個第三者嗎？

和易辰光在初夏的同學會上重逢至今，時序已邁入秋天，我踩著人行道上的落葉，回頭看向易辰光，他正舉著相機拍攝變色的紅葉。

「笑一個吧。」他注意到我在看他，將鏡頭轉向我，於是我露出笑容，由著他按下快門。

就像是一般的情侶，我們幾乎每天見面，除了陪他四處拍照，更多時候我們會牽著手，漫無目的地走在路上，光只是這樣，我就覺得很幸福。

當然，我們只會選在人煙稀少處或暗巷中牽手漫步。

某次與他在餐廳吃飯，我從洗手間回來，遠遠就看見易辰光被人圍住，他還宣稱自己沒有有名到會被狗仔跟拍，可明明就是有路人能認出他來。

「他們是攝影同好會的成員，我曾經受邀前去演講，他們才會認出我，不然誰知道我是誰啊。」他解釋道，但從此我便抗拒與他在公共場所有親密舉動。

久而久之，我們相見的地方逐漸變成遠離人群的自然景點，或是旅館，這也沒什麼不好，至少我們可以盡情地大聲說笑與擁抱。

某天，因爲工作上的需要，在我們見面時，我向易辰光要了身分證去便利商店影印。

我本來沒有多想，但在影印時，偶然瞥見他的配偶欄上寫著「紀曉容」，瞬間我的心臟像是被狠狠捏碎，疼痛不堪。

我覺得，那是我這輩子最痛的時候了。

「印好了？」

回到副駕駛座上將身分證交還給易辰光，他隨手收起，親吻了下我的臉頰。

「想吃什麼？」他問。

「不了，今天我不太舒服，想回家。」我說謊，我只是難受得無法和他待在一起。

「哪裡不舒服？感冒了？」他伸手要摸我的額頭，卻被我推開。

「頭暈而已，先送我回去吧。」

他沉默了一會兒，「好，那妳睡一下。」

我真的就閉上眼睛靠向窗戶，易辰光將廣播的音量調小。抵達我家樓下後，他輕聲喚醒我，對我露出溫柔的笑容。

「你每天這麼晚回家，都是用什麼藉口？」

乍聞這個突如其來的提問，易辰光倏地表情僵硬，隨後扯出一抹無奈的笑，「我說我和《MIZS》的編輯在一起。」

「你跟她說我們在一起工作？」

他搖頭，「只說我們在一起，沒說幹麼。」

「你真這樣說？你老婆沒追問下去？」

「曦文，到家了，快回去休息吧。」他解開我的安全帶，委婉地結束這個話題。

「易辰光……」

「曦文，我現在什麼都不能給妳。」這是第一次，他直白地對我說。

「我知道。」我點頭，我不會要求他給我永遠，世界上本來就沒有什麼事情能夠永遠。

只有已然失去，才有機會變成永遠。

如果是這樣，那我寧可不要永遠。

我在易辰光的臉頰上輕輕一吻，向他說了晚安，他抱住我，給了我一個深吻。

我雖然不在乎永遠，卻希望此時此刻能夠一直持續下去。

「晚安，明天見。」他說。

我懷著既幸福又哀傷的情緒打開家裡的鐵門，關詩璇一臉八卦地對著我笑。

「我、看、到、嘍！」

「什麼？」我脫掉鞋子。

「男人啊！喂！長得滿帥的耶！」

「他坐在車裡，那麼暗妳也能看見？」我失笑。

「不是剛剛啦，是中午的時候，我看見你們一起吃午餐！好好喔，我怎麼沒有那麼優的國中同學！」她語帶欣羨。

我非常震驚，「今天中午？」

中午為了避開人群，我和易辰光跑到山上一間餐廳用餐，進去前我很確定沒看見認識的人，況且那個時間、那個地點，我怎樣也想不到會遇見熟人。

「是啊！你們怎麼去那麼偏僻的地點約會啊？我是因為教師培訓才會去到那邊，當時我旁邊還有幾個同事，就沒過去打跟妳招呼。不過，妳真的很愛他欸！注視著他的眼睛滿滿都是愛心，就算旁邊沒有同事，我可能也不見得好意思過去打擾你們。」她打趣地說。

「妳覺得我很愛他嗎？」

「是啊，而且我也感覺得出他很愛妳，難怪這一次妳會如此投入。」她拍拍我的肩膀，「祝妳幸福！別忘了要找我當伴娘。」

而我只是笑著接受她的祝福，我能做的就只是輕輕笑著。

「今天晚上不能和妳見面了，Abe最近接洽一個歐洲品牌，可能會代理引進台灣。今晚周子瑜約了品牌負責人見面，說要引薦我擔任攝影師。」易辰光在電話那頭說。

「很厲害啊，如果順利的話，記得順便提幾句我們家《MIZS》喔。」我回道，能讓Abe看上的品牌一定與眾不同。

「當然沒問題。」他笑著掛掉電話，約好晚上會再打給我。

自從和易辰光「交往」後，我的假日以及夜晚都是被他填滿，面對突如其來的空閒，我居然不知道要做什麼。

以前沒有他的日子我是怎麼過的？我全都忘記了。

「曦……曦文。」小佐站到我身邊，那副膽戰心驚的模樣我並不陌生，我大致猜得到一定是她工作出包了。

「說吧，什麼事？」我嘆氣。

「就是……嗯，原本說好刊登在二十三到三十頁的那一檔企畫，好像有點問題……可能這期不能on……」

我皺眉看向小佐。

「哇！對不起、對不起，這是我的疏失！」小佐連忙道歉。

「為什麼不能on？」

「因為、因為約定的日期出了問題，當初合約上載明的上檔日期是這個月，但其實這是對方窗口的作業疏失，對方想要配合的時間應該是下個月……」

她說得戰戰兢兢，我不發一語，只是瞅著她看。

小佐哭喪著臉，「曦文，眞的很對不起，我以後絕對會更加注意……妳不要生氣啦。」

「我沒有生氣，」我平心靜氣說，小佐瞪大眼睛，好像沒聽懂我的話，「我沒有生氣，這件事不是妳的問題。」

「咦？」

「廠商的電話給我，我來跟他們談。」我淡淡說道，小佐立刻跑回座位找出名片，撥出電話後轉接給我。

我心念一轉，擺擺手道：「算了，對方窗口也是新人，經過這次教訓，她以後就會多加留心了。小佐，開天窗的八頁用上個月沒選上的企畫替代。」

「咦？」小佐錯愕，連忙接起電話，與對方講了幾句後掛掉，小心翼翼地再次走到我身邊，「曦文，妳是不是很生氣？」

「沒有，這次錯不在妳，而且事情既然發生了，追究責任也沒意義，先解決當務之急才是上策。」小佐依然站在我身邊沒有動，我抬頭看她，「快回去做事啊。」

「是、是！」她有些不知所措，卻又鬆了口氣，其他幾個編輯面面相覷，對視一眼後繼續低頭做事。

下午，當我剛校完一篇稿子，正準備著手處理下一篇稿件時，王皓群難得垂頭喪氣地走過來。

「禹大編輯。」

「怎麼了？這麼憔悴？」我只看了他一眼便停下手上的工作，他的氣色實在太差，過去廣告部最忙碌的時候，也不見他這麼無精打采，基本上王皓群是屬於工作壓力越大、活得越有精神的類型。

「我要請一個月的長假。」

「爲什麼？」我非常驚訝，把工作當成生活重心的王皓群居然要請假，還一請就是一個月！

「我要出國一趟。」他聳聳肩，示意我去外面聊，我起身跟著他走往交誼廳。

離開辦公室時，我隱約聽見同事在背後竊竊私語。我和王皓群之間不是會被傳緋聞的那種關係，所以我狐疑地回過頭看他們一眼，所有人立刻正襟危坐，若無其事地埋首案前。

「聽說妳變柔和了？」王皓群說。

「我？怎麼可能！」我嗤了聲。

「早上小佐的事傳開了，難得妳沒追究責任歸屬到底。」他半開玩笑道，「戀愛使妳變得圓滑嗎？」

我聳聳肩，不置可否。

來到交誼廳，我選了窗邊的位子坐下，王皓群端來兩杯拿鐵。

「今天會下雨嗎？」他問。

「空氣裡沒有雨的味道。」我說。

「妳是氣象專家嗎？」他失笑，我也笑了，這句話我曾對易辰光說過，現在王皓群竟也這麼對我說。

喝了好幾口咖啡，王皓群才幽幽開口：「原本我打算直接辭職，因爲不知道自己這趟會去多久，但老闆不肯放人。」

「到底怎麼了？你爲什麼突然要去國外……莫非是……太陽餅那位發生了什麼事？」

他輕笑，「就當做現在我們都喝醉了，是，也許那天妳說的話應驗了。」

我圓睜雙眼，難以置信地看著他。

「她是我最親密的家人，我可以爲她做任何事。」他眉頭緊鎖，語氣十分堅定。

「爲什麼不是她回臺灣？」

「目前還不確定她那邊的狀況，總之我先過去一趟，如果沒大礙，我很快就會回來，讓她繼續待在那裡，但如果情況不樂觀，我當然就會帶她回來。」他喝下最後一口咖啡，猛地站起。

「所以，你要搶走她嗎？從她老公身邊？」我急切地抓住王皓群的手。

王皓群輕輕拉開我的手，並拍了拍我的手背，無奈笑道：「曦文，奉勸妳一句，不要期待一個男人剩餘的關心。」

「那你又如何？」我輕哼了聲，「不惜辭職也要特地跑去國外一趟，只爲了確認她過得好不好，卻連搶走她的勇氣都沒有？」

「我只要她幸福，其他什麼都不需要。」他毫不猶豫地說。

「如果她的幸福在你身上呢？」

這句話讓王皓群一愣，他的眼神忽然變得閃爍，猶豫了一陣才說：「不是的……我和她幾乎認識了一輩子，我很了解她。可是曦文，我很擔心妳。」

我忍不住大笑，是發自內心的那種大笑。

王皓群不明所以，而我笑得眼淚都快要流出來，「王皓群……哈哈哈……我第一次聽見你、你說、這種關心我的話，哈哈……」

「妳瘋了嗎？」他瞇著眼睛看我。

仔細想想，我從沒和他說過我和易辰光的故事，或許他認爲我是一個無名無分的可憐女人。

我的確沒有名分也見不得光，但我不可憐，我活得比過去十三年都要踏實。

我終於談了一場自己最渴望的戀愛，放下所有的武裝，眞心誠意地面對另一個人。

「王皓群，謝謝你關心我，但不需要爲我擔心，我沒事，眞的。」止住了笑，我誠摯地看著他，王皓群認眞打量著我好一會兒，最後放心地笑了。

「我知道妳不會太傻，最近妳確實不再像過去那麼尖銳，總之，有好的變化是好事。」王皓群朝我伸出手，「那，就暫時再見了。」

「嗯，暫時再見。」我握住他的手，「希望你能幸福。」

王皓群先是錯愕，而後笑著對我說了聲謝謝。

和他共事也有四、五年，但我從來沒有眞正認識過他，他也是，沒有眞正認識過我。直到現在，我們才終於稍微看清楚彼此一點，這個與我有些相似的男人，我由衷希望他能獲得幸福。

下午，王皓群忙著工作交接，他訂的是明天的機票，十萬火急地想要盡快趕到那個女孩身邊。原本想請他吃一頓好的，爲他送別，他卻說又不是不回來了，叫我留著以後再請。

而我也忙得焦頭爛額，連他什麼時候離開辦公室都沒察覺。

易辰光傳LINE給我，告訴我他和Abe那邊的人碰面了，也跟Abe想代理的歐洲品牌負責人聊得不錯。我已讀後不以爲意，以爲這只是場小型的私人聚會，沒想到易辰光應邀參加的竟是百貨公司盛大舉辦的貴賓之夜，而且他還帶了老婆同行。身爲知名雜誌服裝編輯的我，當初也有收到邀請函，只是忙於截稿，所以不克出席。

而這些我都是隔天看了網路上的新聞報導才知道。

看著易辰光和他老婆兩人站在一起的畫面，我心如刀割，但我明白自己的立場，心痛在所難免，縱使痛苦，我也會堅持走下去，這是我先前就決定好的。

我喝了口拿鐵，想著正在好幾萬英尺高空上的王皓群，現在會是怎樣的心情？

「曦文，櫃臺這邊有人找您。」

「找我？是廠商嗎？」我把電話夾在耳朵跟肩膀中間，一邊打字，一邊詢問總機妹妹。

「嗯，不是廠商，她說她姓紀，是您的朋友。」聽得出總機妹妹很害怕跟我說話，雖然傳聞我脾氣變好了，但餘威猶存。

「我沒有姓紀的朋友。」我的朋友本來就不多，其中更沒有姓紀的。

「稍等我一下。」總機用手壓住話筒，向對方問了幾句，又對我說：「她說她是Ciel的太太。」

我正在打字的手停了下來，「妳說她是誰？」

「Ciel的太太。」總機重複一遍。

我腦袋一片空白，好像回了句自己馬上出去，卻又呆坐在座位上好幾分鐘。

易辰光的老婆來找我做什麼？難道她知道了？

等等，易辰光說過，他和老婆說，他晚上那麼晚回家，都是和我在一起，所以也許他老婆是過來關心易辰光和我到底在忙什麼工作？但有什麼工作需要每天見面討論？怎麼可能有那種工作！

我拿出手機想打給易辰光，卻又打住。

先別胡思亂想，或許什麼事也沒有，若這時就把易辰光牽扯進來，不就等於自亂陣腳？

我調整呼吸，補了口紅和腮紅，略微整理過頭髮後，踩著高跟鞋走出辦公室。

遠遠的，我便看見他老婆坐在候客沙發上，我在易辰光的身分證上看過她的名字，紀曉容。

「紀小姐您好。」我表現得落落大方。

紀曉容起身對我微笑，氣質優雅從容，「您好，禹小姐，不好意思突然登門拜訪，請問您現在方便聊幾句嗎？」

她聲音甜美柔和，表情也很平靜，我想，她應該不知道……吧。

「可以，我們去咖啡廳吧。」

我帶著她來到公司附近的咖啡廳，裡頭零零散散坐了幾桌客人，我找了個角落的座位坐下，向服務生點了兩杯咖啡。

我率先開口：「您是Ciel的太太吧，Ciel是一位非常優秀的攝影師，自從他的作品刊載在我們雜誌上後，簡直是空前熱賣。」

「謝謝您的厚愛，是貴社不嫌棄。」她笑了笑，並沒有表現出驕傲的神色。

「請問您今天過來是……」

「聽外子說近幾個月時常麻煩到您，這一點小禮物不成敬意。」說完她還真的從紙袋拿出一個包裝精緻的阿里山高山茶禮盒。

「何必這麼見外。」我乾笑幾聲，這禮物收得一點也不心安理得。

「不過……到底是什麼樣的工作，怎麼這麼久了還沒告一段落呢？」她果然還是問到了重點。

「嗯，是這樣的，我們和Ciel、Abe都簽了長期約，許多廠商在聽聞我們和Ciel簽約後，紛紛表示合作意願，所以時常有些應酬，希望夫人能體諒。」好吧，我明白這場面話說得十分做作，一點也不眞實，但我還能怎麼說。

「原來如此，外子什麼也不告訴我，我也不好多問。」她淺笑，看起來是相信了。

我故意看了下手錶，打算假借公事繁忙的名義離開，紀曉容卻在此時問道：「禹小姐，冒昧請問您是否以前就與外子認識？」

「呃……是的。」我沒想到她會這麼問，難道易辰光跟她提過？

「難怪，那天在攝影棚裡看見他相機裡的照片，我就覺得很眼熟。」她有禮地微笑，語氣卻含著淡淡的尖銳。

「眼熟？」

「說來見笑，外子有一個奇怪的堅持，除了工作需要，一律不拍攝人像，連我也不拍，不管我怎麼求他，他都不爲所動。」她從包包裡取出一個厚厚的信封，「很久以前我曾經問過他爲什麼學攝影，他只說了起因與一個女孩有關，卻不肯透露其他細節。結婚後，我偶然在家中發現這疊照片。」

她將信封推到桌子中央，便收回手去，我盯著那信封好一會兒，才伸手去取。打開信封，一張張照片看過去，那些照片裡的主角全都是我，國中時代的我。在頂樓天台、在花圃、在教室、在天橋、在雜貨店前……當時的易辰光幾乎每天都拿著相機對著我按下快門。

「禹小姐現在的相貌與過去變化不大，那天我一看見他相機裡的照片，就立刻認出妳來了，妳就是出現在這疊照片裡的女孩。」

我的手微微顫抖，無法克制鼻酸，我深吸一口氣，將淚意憋回去。

「對，照片裡的人是我。」

紀曉容似乎在等我解釋，但我只給了這樣的回答便不再多說。

「我也年輕過，知道過去有多難忘。」她依然保持微笑，可是這個瞬間我頓時明白了，她的笑容全是裝出來的，她早就猜到我和易辰光的關係。

她不是來試探的，她是來攤牌的！

事已至此，我又何必裝蒜。

「但妳和他擁有未來。」我對上她的眼睛，毫不退縮。

她微微一愣，又端起笑容，「過去永不褪色，像酒一樣越沉越香，而未來是看不見的。」

「何必羨慕過去？」我冷笑。

「看來禹小姐比較喜歡未來。」她緩聲說，而我被她的話戳中痛處，「妳羨慕我的未來，我卻想擁有妳的過去，如此一來，始終待在他心中的便會是我。」

我不肯移開眼神，直視著她。

「我知道自己的位置。」我站起身打算離開，「妳比我有立場多了……」

「但我無法爲他生孩子。」她忽然迸出這句。

我瞠目結舌，「這是什麼意思？」

她輕啜一口咖啡，我又坐了下來。

「我們交往沒多久，他就跟我提分手，我一直都明白他的心不在我身上，遲早會分手，但我不甘心，所以分手後，我告訴他我懷孕了，然後把小孩拿掉了，以至於再也無法生育，」她苦笑了下，「我只是想讓他有點罪惡感，只是這樣而已，沒想到他說要負起責任，和我結婚。」

我張大嘴，喃喃道：「妳、妳眞的爲了他……拿掉孩子？」

「我很想說是，但自那一次後，我發誓從此不再說謊，所以禹小姐，我現在跟妳說的，是連他也不知道的實話——我本來就是很難懷孕的體質，我不曾爲他拿掉過孩子。」

「妳怎麼……怎麼可以對他說這種謊！」我心中充滿憤怒。

「對，我是不擇手段，即使一輩子良心不安也無所謂，爲了要跟他在一起，我什麼都願意做，因爲我很愛他！」她依然笑著，我卻幾乎看不清她的笑，眼前一片黑暗。

我哭了出來，這就是易辰光結婚的理由嗎？

這就是爲什麼他始終沒有給我承諾、沒有要我等他的原因嗎？

當初根本不是他選擇了這個女人，而是他無法選擇。

「妳為什麼哭？」對於我的反應，紀曉容不能理解。

「妳不知道他的過去……才能輕易說出這種謊！妳知不知道，妳踩著他這輩子最深刻的痛處？妳的幸福，是建立在他從小到大的心理陰影上，妳一直在折磨他！」我的眼淚不停滑落，如果單純因為戀愛結婚，如果易辰光愛紀曉容，我都不會像此刻這樣痛苦。

「什麼意思？」紀曉容皺眉，有些不信。

「妳連易辰光的痛苦都沒發現，卻說自己愛他？」我起身就要離開，她卻拉住我的手。

「怎麼回事？跟我說清楚！」她臉色刷白，頭一次露出驚慌的神情。

「那是易辰光的過去，要說也該由他來說。」我擦掉眼淚，冷聲說：「但妳必須向他坦白。我只能告訴妳，妳不過是他過去的投射。」

我頭也不回地步出咖啡廳。

紀曉容，讓易辰光想到了他媽媽。

因年輕打胎而不孕的母親，只能強迫自己接受丈夫與另一個女人生下孩子，導致日後情緒失控、歇斯底里，憎恨那個孩子，卻又愛著那個孩子。

而這就是為什麼，易辰光口口聲聲說愛我、不肯離開我，卻又無法離婚。

一旁辦公大樓的落地玻璃中，倒映出我的身影。

背脊挺直、身形俐落、穿著要價不菲的高級套裝，現在的我，與國中那個走路彎腰駝背、劉海蓋住眼睛的我，簡直有天壤之別。

如果不是遇到易辰光，我能變成現在這副模樣嗎？我會不會還是畏畏縮縮地躲在角落，始終害怕面對這個世界？

而現在的我，看起來是不是像個狐狸精？

回頭瞥了眼依然坐在窗邊的紀曉容，她手撐著額頭，看起來心灰意冷。

我狠狠地別過頭，不去看那幕令我動搖的畫面。

小三、狐狸精、搶人老公的賤貨，隨便愛怎麼稱呼就怎麼稱呼吧。

我想守護的，只有我和易辰光那宛如愛情花般脆弱的愛情。

第十三章

王皓群發了張照片給我，是他和他那個國外友人的合照。

那女人長得很漂亮，和王皓群站在一起很相配。

我問他成功了嗎？是否要把那女人從法國帶回台灣？

王皓群回我一個奇怪的笑臉貼圖，既然他不想說，我就不再多問。

他問我最近過得怎樣，我也回他一張詭異的笑臉貼圖。

「我們的狀況還是一樣啊。」他在訊息裡寫著。

我苦笑。

自那次與紀曉容談話後，已經過了五天，期間我和易辰光見過幾次面，從他的表現看來，紀曉容還沒跟他坦白。

雖然我是「第三者」，但我不想插手他們夫妻之間。

或許紀曉容一輩子都不會跟易辰光說實話，那我也認了。

某天下午，我正在公司寫稿，手機的鈴聲忽然響起，是家裡來電，上班時間媽媽從來不會打擾我，所以我立即接起電話。

「曦文！姊姊有沒有去妳那裡？」媽媽焦急地問。

我頓時有了不好的預感，起身往交誼廳奔去，一邊回話：「姊姊？沒有啊！她不是在家裡待產嗎？怎麼了？」

「糟了，妳姊姊就快生了，受了那麼大的刺激不知道會不會想不開，如果流產的話怎麼辦？」

「媽！妳冷靜點！慢慢講給我聽，發生什麼事了？爸呢？」我努力讓媽媽冷靜下來，並試圖了解情況。

「妳爸爸出去找姊姊了，曦文……剛剛有個女人找上門來，說是妳姊夫在外面的女人。」

我倒抽一口氣，「姊夫他……外遇？」

「孩子都要出生了！怎麼會出這種事？妳姊姊什麼東西也沒帶就跑出去了，萬一發生意外該怎麼辦？」媽媽驚慌失措地哭出聲來。

「媽，妳先不要哭，姊姊常去的地方就那幾個，河堤！去河堤那邊看看，還有後車站的小公園，或是家裡附近的土地公廟，姊姊懷著身孕跑不了太遠，我現在馬上回去。媽，妳別擔心。」我跑回座位拿起包包，請小佐替我向總編請假。

我連行李都沒拿，急忙搭上最近一班發車的高鐵，一路上跟媽媽保持聯繫。

列車剛過彰化的時候，家人總算找到了姊姊，她披頭散髮地躲在土地公廟後方的小樹林裡痛哭。

我要媽媽把電話給姊姊，姊姊卻只是一個勁地哭，不管我在電話這頭說什麼，她都沒有回應。

等我抵達台南，天色已快要暗下，我馬不停蹄地趕回家裡。

「姊呢？」一開門我就大喊，不顧自己形容狼狽得要命。

「好不容易睡著了。」爸媽坐在客廳，愁眉不展，一臉憔悴。

「爸、媽，你們先去休息吧，我來看著姊姊就好。」我坐到媽媽旁邊，拍拍她的肩膀。

「妳姊夫怎麼可以那樣，他怎麼可以在外面找女人……」媽媽聲淚俱下，我的心卻像是被用力掐緊般，疼得難受。

「爸，帶媽出去走走吧。」

「可是……」

「媽，姊姊不說，可能是不想讓你們擔心，她面對我也許比較說得出口。」

「是啊，我們出去走走，給她們留點談話空間。」爸扶著媽起身，媽雖然不太願意，最後還是妥協了，把這個家留給我和姊姊。

我坐在沙發上發了下呆，而後起身往姊姊的房間走去。

打開房門，只見姊姊躺在床上縮成一團，我來到床邊坐下，輕輕撫摸她的頭髮。

姊姊的眼睛已經哭腫了，即使在睡夢中，依然緊皺眉頭，眼角還留有淚痕。

我的心好痛，除了爲姊姊心痛，也爲自己。

我和易辰光的戀情，沒能讓誰獲得全然的幸福，或許紀曉容也會跟姊姊一樣獨自哭泣，易辰光夾在我和她中間進退兩難，而我也很痛苦，不能眞正擁有自己所愛的男人。

爲什麼都這麼痛苦了，我還是放不開手？

眼淚掉了下來，我傳LINE跟易辰光說我人在臺南，然後蜷縮在姊姊身畔，閉上眼睛。

意識浮沉間，我似乎夢見了國中時期的我們。

很普通的學生生活，就像以前眞實存在的某一天。

我們一起去到學校上課，我陪著易辰光爲花圃澆水，中午一同到頂樓天台曬太陽，接著又上課，下課，放學，在天橋處說再見。

我看著易辰光爬上天橋，他走到天橋中央時忽然回身，笑著對我招手，遠方那棟紅色屋頂的房子，被一片黑暗籠罩。

我踏上了那四十三個階梯，來到天橋中央，與易辰光相會。

他笑著看著我，笑得很深、很眞，我也笑了。

這一刻，只有我和他，沒有別人。

我感覺到好像有誰在撫摸我的臉，猛然張開眼睛，發現自己居然已淚流滿面。

「醒了？」姊姊爲我拭去淚水，指尖冰冷。

「姊，妳沒事吧？」我看了下時間，晚上七點。

「曦文，妳在哭嗎？」姊的聲音軟弱無力。

「我幫妳倒杯水，再煮些稀飯給妳吃。」我坐起身，卻被姊拉住。

「我不餓。」

「妳不餓，但寶貝要吃東西。」我輕撫她的肚子。

「我不生了，就讓她餓死吧。」

我瞠圓眼睛，「妳怎麼能說這種話？妳有站在孩子的角度去想嗎？」

「我說了不生！」姊姊說話比我還大聲。

「好，不生，所以去打胎？妳現在都懷孕九個月了，打胎是想自殺嗎？」我用更大的音量吼回去。

「對！死了算了！他在外面找女人，我死了算了！」

我從沒見姊姊這樣歇斯底里過，我被嚇到了，但更多的是憤怒。

「什麼死不死的，有這麼嚴重嗎？大不了離婚啊！」

我這一吼讓姊姊愣住了，而後她眼淚撲簌簌地狂掉，「我不要離婚，我不要啊……他當初跪著跟我求婚……說要愛我一生一世……怎麼才幾年就變了……」

姊姊痛哭出聲，我很想告訴她，世界上沒有永遠。

可是看著她，我無法不將紀曉容和她重疊。

我早就將罪惡感這種東西拋到腦後，但我的心卻無法不感到疼痛。

爲什麼不是相愛的人就可以在一起？

爲什麼世界上要有這麼多無奈？

爲什麼不能永遠活得如孩提時般單純無憂？

爲什麼我脫離了無能爲力的年紀，卻依然有很多事情無可奈何？

我跪倒在地上，大哭了起來。

和易辰光重逢這幾個月以來，我時常在一個人的時候以淚洗面，這是我第一次在人前如此放肆痛哭；而我們姊妹自幼時某次大打出手，被媽媽疾言厲色責罵後，就沒有像現在這樣抱在一起大哭過了。

那時我們之所以打架，是爲了搶玩具，但如今我才明白，許多東西是怎麼搶也搶不到的，甚至連敵人是誰都不知道。

也不知道哭了多久，眼淚幾乎都要流乾了，只剩下有一搭沒一搭的抽抽噎噎，易辰光打了電話過來。

「接啊。」姊姊吸吸鼻子說。

「喂。」我接起電話，姊姊坐回床邊。

「在哭？」易辰光的聲音有些奇怪。

「嗯。」

「怎麼了？」

「沒什麼。」我咬著下唇。

「給我妳臺南的地址，我過去找妳。」

「現在？爲什麼？」我覺得不太對勁。

「曉容跟我說她去找過妳了，她向我問起我的過去。」

我倒抽一口氣，「她跟你說實話了？你還好吧？」

「不如說鬆了一口氣。」他語氣異常認真嚴肅，「曦文，我只說一次，妳要聽好了。」

我屏住呼吸，下意識掐緊了手心。

「我愛妳，不論怎樣，我這輩子都不會放開妳。」

再一次，我又模糊了眼眶。

「目前我還不能給妳承諾，但是請相信我，我不會再讓妳從我的世界消失。」

掛掉電話後，姊姊平靜地問：「男朋友？」

「對，易辰光，妳還記得他嗎？」

「嗯，妳國中時的男朋友。」

我鼓起勇氣道：「姊，他結婚了，但我現在是他的女人。」

我不想對家人說謊。

姊姊不可置信地看著我，「妳是第三者？」

「該如何定義第三者？是先來後到的順序？被愛與否？還是要由那張結婚證書來認定？」我反問。

姊姊忽然撲向我，差點站立不穩，我趕緊扶住她。

「介入別人婚姻的就是第三者！妳瘋了不成！怎麼會傻到去當第三者？」姊姊雙手抓著我的肩膀猛力搖晃，眼裡布滿血絲。

「我愛他、他也愛我！我們好不容易重逢……姊，他不愛他老婆，而且當初是他老婆騙了他，他們才會結婚，他們的婚姻並非建立在愛情之上！」我把易辰光與他老婆之所以結婚的前因後果都說給姊姊聽，我以爲這樣一來，便能獲得姊姊的諒解，沒想到她卻更加生氣。

「那又如何？不管當初是爲了什麼結婚，既然結了婚，雙方就該尊重這段婚姻！妳說他爲了負責而結婚？那他現在做了什麼？外遇是負責的表現？」姊姊言詞尖銳，「妳以爲你們的愛情很偉大？難道他老婆就不偉大？禹曦文！妳憑什麼破壞別人的家庭？」

「姊，我不是妳婚姻裡的第三者，妳也不是易辰光的老婆，不須對號入座。」我冷聲說。

姊先是愣然，隨即重重甩了我一巴掌。

我踉蹌往後退了幾步，緩緩抬手撫上臉頰，過去再怎麼跟姊吵架打鬧，她也不曾如此下重手。

「這是妳這輩子以來，做得最錯的一次。」姊怒斥我。

「我沒有錯！」我爲自己辯解。

「妳沒有錯？妳看見我這麼痛苦，妳還敢說自己沒有錯？那個男的說什麼要對老婆負責，卻做出跟他爸一樣的事！不！他比他爸更過分，他還對別的女人付出了眞心！」姊姊再次舉高了手，我以爲她又要打我，然而她只是握住我的肩膀。

「曦文！快點抽身，那個女人一定很愛她老公，才會容忍她老公每天晚上那麼晚回家，也才能心平氣和帶著笑容坐在妳面前。妳有想過她要承受多大的精神壓力嗎？在妳想到自己的痛苦前，爲什麼不先想想別人有多痛苦？」

姊說的我都懂，我怎麼會不知道？

可是如果我每一件事都得爲別人著想，那我要怎麼去愛易辰光？

我不願再與易辰光分別，只能選擇視而不見，踩踏在他老婆的痛苦上前進。

因爲我也很痛啊，我無暇顧慮別人的痛了。

「愛情本來就是自私的，我已經考慮過很多，才會做出這個決定。」我退後一步，再退後一步，「很抱歉讓妳失望，但我不想說謊。我去幫妳煮稀飯。」

門一打開，卻見媽媽一臉驚恐地站在門外。

「媽……」

「妳……我、我去煮就好。」媽媽躊躇不前，我側身讓她進來。

「媽，好好看著姊姊，逼也要逼她吃下去。」我擦掉臉上的淚，「我去外面走走。」

「曦文！妳要快點抽身！」姊姊在我身後大吼。

連家人也不支持我的戀情嗎？

或者說，從頭到尾，又有誰支持？

站在相同立場的王皓群也不支持我。

連看過我爲了易辰光崩潰心碎的姊姊，也不理解我，是因爲她的角色是人妻，所以選擇站在紀曉容那邊嗎？

不，根本不是站在哪一邊的問題。

是身爲第三者本來就不對。

「快點！等等好位子就沒了！」幾個年輕人匆匆跑過我身邊，我才發現大街上的人群，全都往同一個方向湧去。

一旁店家的牆上貼著一張海報，原來今晚河堤邊將施放煙火，至於施放煙火的原因爲何，我沒細看，也不在乎，只是隨著人群信步往河堤走去。

站在人群外圍，我仰頭呆呆看著漆黑一片的夜空。

我和易辰光的愛情，是不是就像這片夜空，注定只會是黑暗。

手機驀地傳來震動，看清來電者是誰後，我不由得苦笑，也罷，乾脆一次讓我傷得更重吧。

「曦文，妳今天要加班嗎？」關詩璇開朗的聲音在耳畔響起。

「我跟妳說一件事。」

「嗯？」

「我男朋友……結婚了。」

「啊？意思是他跟妳求婚了嗎？」她的語氣帶出了些許興奮。

「不……是他已經結婚了，我是……」我深吸一口氣，「我是第三者。」

電話那頭陷入靜默。

「詩璇，我知道怎麼解釋都沒有用，我只是想老實告訴妳……」我正想掛掉電話，關詩璇卻出聲了。

「曦文，我嚇了好大一跳，我做夢也沒想到妳會當小三。」

我沒有接話，只是握緊了手機。

「可是，妳一定很愛他吧？」

「嗯。」

「雖然我真的很討厭第三者，可是我最喜歡妳了。」關詩璇哽咽地說：「曦文，爲自己的愛情加油。」

我又抑制不了眼淚湧出了，沒想到關詩璇會爲我加油。

她不會知道，對現在的我而言，這是多麼重要的一句話。

天空綻放起光亮璀璨的煙火，周圍的人群泛起歡呼與讚嘆。

專注看著那些煙火，我想把此刻的美麗刻進心中，永遠不要忘記。

「曦文。」易辰光費力地撥開擁擠的人群，來到我面前。

「易辰光？」我瞪大眼睛，不敢相信易辰光居然會出現在這裡。

「我剛從妳家出來，正巧看見煙火，想著或許妳過來看煙火了。」他臉上帶著些許疲憊。

「你去了我家？」

「對，好像不是時候。」他苦笑了下。

我同樣露出苦笑，「我姊情緒……有點不穩定。」

易辰光點點頭，「在我離開的時候，有個男人登門道歉，還對著妳姊下跪。」

我一愣，是姊夫嗎？

他回來求姊姊原諒了嗎？

這是不是代表，不管外頭的世界多麼吸引人，男人終究會選擇回家？

「我和曉容談過了，不過目前還沒有共識。」他握住我的手，「但妳要相信我對妳說的話。」

我帶著淺淺的笑意望向他，發出的聲音卻顫抖得幾乎不成話語，「我明白。」

我們兩個都沒再出聲，只並肩看著頭頂的煙火。

如同愛情花般脆弱的愛情，再如何小心呵護，終將會凋零。

絢爛的煙火縱然一度照亮天際，也終將還給夜空一片黑暗。

慶幸的是，即便愛情的最後只剩一片黑暗，我和易辰光還擁有彼此。

或許我們可以自行創造出光亮，一同在黑暗中摸索前行。

我看向易辰光，他也凝視著我。

不管前路再黑、再冷、再難走，這一次，我們都不會再放開對方的手。

尾聲

Ciel爆發外遇醜聞的新聞占據媒體版面好一陣子，而行事原本就低調的易辰光，一如往常地不對此事做出回應。

我一開始以爲紀曉容無所不用其極，想透過輿論的壓力，逼迫易辰光留在她身邊。

但我不擔心易辰光會因此動搖，同時我也不害怕自己的身分曝光，我只是個默默無名的小人物，大不了換個地方工作便是。

我唯一害怕的是，這件醜聞會對易辰光的工作造成影響。

但嚴格說起來並沒有。

畢竟Ciel本來就不是什麼工作都接，而Abe也不會因爲這件事而中斷與他的合作，所以媒體把焦點轉往探討爲何男人外遇的新聞屢見不鮮。

令我驚訝的是，向媒體揭露Ciel外遇一事的人，並不是紀曉容，而是易辰光自己。

不是紀曉容要利用輿論逼迫易辰光留下，而是易辰光企圖利用輿論逼迫紀曉容主動離去。

面對他的作法，我沒有任何意見。

他是否狠心、是否殘忍，對我來說都不重要。

他與我的過去，是屬於我們的。同樣的，他與紀曉容的風風雨雨，也是只屬於他們的。

對於紀曉容，不去參與她與易辰光的紛爭，也不去碰觸他們的過往，這是我所能做到的，最卑微的尊重。

我永遠記得紀曉容簽字離婚的那一天，她來公司找我，當總機通知我她再度來訪時，我已做好她可能將失態大鬧的心理準備。

「禹小姐。」她從候客沙發上起身，憔悴的模樣讓我有些心疼。

但我很快又告訴自己，不需要心疼。我的心疼是多餘的，如果要感到內疚，一開始就不該和易辰光有所牽扯，那種半調子的罪惡感，我不需要，也沒資格要。

「紀小姐。」我向她問好，靜靜等待她的下一步動作。

「不請我坐坐？」她禮貌淺笑，身後的總機妹妹似是坐立難安，她認出了紀曉容，畢竟最近新聞鬧得很大。

「妳若想對我做什麼，就請直接來吧，我不會還手，但也不會跟妳道歉。」我挺直背脊，咬牙迎向她的目光。

紀曉容一笑，帶著不屑，和一點點悲傷。

「原來，他選擇的女人，他一直忘不了的女人……就是這樣的啊……」紀曉容說，「我不會對妳做任何事，當然，我很想打妳、罵妳，或是傷害自己，做出一些讓你們後悔莫及的舉動。」

「妳想做什麼都可以，就是別傻到傷害自己。」我指向交誼廳的方向，「請進來坐著聊吧。」

「不用了，妳這副問心無愧的模樣，讓我噁心得想吐。」紀曉容從她的包包裡拿出一張紙，「我和他離婚了，這就是妳最想要的，對吧。」

我看著那張離婚協議書，略略睜圓了眼睛，同時手裡的手機傳出震動，我低頭瞥去，是易辰光打電話過來。

「他迫不及待通知妳這個好消息了，是嗎？」她淒楚地笑。

我切斷易辰光的來電，注視著紀曉容，沒有做出任何回應。

「直到最後，我還是不知道他的過去發生了什麼事。」紀曉容輕聲說，「但這幾年來，我知道他內心深處，有一塊我永遠觸碰不到的地方，我從來沒見過他的家人，即便跟他結了婚，卻像是住在一個屋簷下的陌生人。也許他本來就是我借來的，能與他有過一段婚姻，已經是我與他最大的緣分。」

此刻，無論我說什麼都不對。所以我只能保持沉默，看著紀曉容將那張離婚協議書收回包裡，轉身朝電梯走去。

「我把他還給妳。」這是她對我說的最後一句話。

我費了好大的力氣才不致於整個人跪坐在地上。

「曦文，妳沒事吧？」旁觀一切的總機妹妹小聲地問我。我想，紀曉容與我的這場對話明天就會傳遍整間公司。

「哎呀，眞想不到會是這樣的結果。」

王皓群來到我身邊一把攙住我，有了他的支撐，我感覺自己不再那麼搖搖欲墜。他扭頭對總機妹妹說：「妳知道身為公司的總機，最重要的一件事是什麼嗎？」

總機妹妹遲疑道：「不……八卦？」

「妳很聰明，未來必定大有可為。」王皓群瞇起眼睛笑了，「曦文下午請假，我送她回去。」

「王皓群……」我弱弱地出聲。

他態度很堅持，握著我的手臂不放，「妳臉色很難看，先回去吧。」

「你憑什麼……」

我話還沒說完，電梯門便倏地打開，面色焦急的易辰光就站在電梯裡，他見著了我和王皓群，立刻上前拉過我。

「嘿，既然他來了，那我就不用送妳了。」王皓群鬆開了手，走到總機妹妹旁邊，笑嘻嘻地再次囑咐她：「記住，閉緊嘴巴，永遠是身處任何地方的生存之道。」

說完，他便帥氣地回到辦公室。

「妳還好嗎？我現在就帶妳離開。」易辰光問。

「我只帶了手機出來……」我囁嚅道，此時王皓群已經拎著我的包包大步走過來。

面對他的體貼，我該說些什麼？也許改天要請他吃一頓大餐了。

「保重呀，曦文。」他朝我揮了揮手，像是要道別一樣。

雖然我也還不能肯定自己接下來會做出什麼樣的決定，但王皓群似乎認為我會就此離職，雖想調侃他對我也太沒信心了，不過，此刻的我，只能誠摯地對他說一句：「謝謝你。」

易辰光牽起我的手離開公司，行走在陽光普照的天空下。

「我剛在樓下遇見她了。」

「她給我看了離婚協議書。」我握緊易辰光的手，將頭靠上他的肩膀。

面對如此結果，我無疑是開心的，同時也有一點點……失落。

或許，這就是愛情的代價。

「妳能暫時請假一段時間嗎？」他問。

「怎麼了？」

「我想帶妳見見我的媽媽，親生媽媽。」他停頓了下，接著又說：「還有，去找我的爸媽。」

我倒抽一口氣，「要去見他們？你可以了嗎？」

他嘴角勾起一抹微笑，「最近新聞不是鬧得很大嗎？我媽看見了新聞，主動向我爸提起要見我……雖然她大概會當面對我說出一些很難聽的話吧，此趟過去究竟是好是壞，我也不清楚。」

「沒關係，我會陪著你。」從此我絕對不會輕易離開，「這下子，你眞的一輩子都被我纏住了。」

易辰光低頭對我一笑，大手環住我的肩膀。

「啊，妳看那個。」易辰光指向對街的花店，我定睛望去，花店門前的花桶裡恰巧擺著一簇簇紫色的愛情花。

我不由得笑了。

易辰光要我站在原地等待，他獨自走過馬路，買了一束回來，臉上的神情仍像當年那般不可一世。

「愛情果然還是很脆弱不堪呀。」我注意到，光是這段短短的路程，愛情花便被碰掉了幾片花瓣。

「所以必須小心呵護。」他笑著將花束遞給我。

「可是即便再小心呵護，也依然會凋零。」儘管這話是我故意說的，但看著愛情花，我仍不禁眼眶溼潤。

「妳不用再害怕它凋零了。」他疼惜地輕撫我的臉頰，「我只要想到當年妳是懷抱著什麼樣的心情毀掉我精心照料的花圃……」

「喂，那也是你的錯呀！」我吸吸鼻涕，仍能清楚憶起當時以爲自己再也見不到易辰光的絕望與痛苦。

「我知道，所以這一次……」他深吸一口氣，「我們再一起種下一塊愛情花花圃吧。」

止不住熱淚盈眶，眼淚滴落在我手上的愛情花花瓣上，「在哪種？」

然後易辰光笑了，牽起了我的手。

「我們在哪，就在哪種。」他親吻了我的無名指，「狗與主人，一輩子都不分開。」

全文完

番外
幸福的選擇

「皓皓，你好嗎？」

一聽見她的聲音，我馬上就知道，她現在不好。

在被窩裡翻過身，透過窗外灑落的月光，我看著角落那兩個灰色與紅色的鯨魚小座椅，輕輕問她：「發生什麼事了？」

「打擾你睡覺了呀？我現在這邊是晚上八點多……」她的聲音帶著一絲苦澀。

「可可，發生什麼事了嗎？」

她沒有說話，所以我轉而按下手機的視訊通話鍵，她卻拒絕開啓鏡頭。

「讓我看看妳。」

「我現在……不太好看。」她嘆息，夾帶著些許鼻音。

「王博宇對妳做了什麼嗎？」這下子我睡意全消，從床上跳起。

「沒什麼，只是……」她沉默半晌，「皓皓，你幸福嗎？」

「可可，妳不太對勁。」我想也沒想便打開電腦，找尋最快飛往法國的機票。

「你說，你的第三個願望是希望我幸福，那你呢？你幸福嗎？」

「妳怎麼了嗎？」我再次提出視訊的要求，但她仍然拒絕，「戚可帆，妳這樣讓我很緊張，到底發生什麼事了？」

「沒什麼啦，我只是忽然很想念臺灣、想念那月亮、想念親親……想念你。」她笑了一聲，「我收到太陽餅了，很好吃。我要掛電話了，晚安。」

「可可……」我話都還沒說完，她便逕自結束通話。

戚可帆，我的青梅竹馬。

從五歲那一年起，我們朝夕相伴，親密無間，一路到了二十五歲，她卻嫁給了別人。

我愛著她，但只要她幸福，即便不是我給她幸福也沒關係。只要她是幸福的，那我就幸福。

可是這通電話……非常不對勁，可可沒事不會在這種時間打這種不知所云的電話過來，她一定發生了什麼事。

所以我立刻買下後天飛往法國的機票，也沒怎比價就訂好飯店，並傳訊息給可可：

「告訴我妳很平安。」

「我很平安。☺」

居然還回傳笑臉。

她這樣的舉動讓我更焦慮了。

「皓群，你臉色很難看耶。」編輯部的小佐送資料過來，不忘關心我。

「啊，昨晚沒睡好吧。」我用力揉了下臉。

「要不要吃點甜食？」她從口袋掏出糖果。

接過她的糖果後，我點開信箱，寫下並寄出一封言簡意賅的請辭信給主管，儘管所費時間不多，然而當我送出信件，小佐竟還站在原地跟業務助理聊天，這下換我納悶了。

「小佐，妳今天不需要趕快回去嗎？不怕曦文生氣？」我打趣她。

禹曦文，與我同期的編輯部同事，在工作上是個手腳俐落且不怕得罪人的女強人，她曾說過自己是來工作，不是來交朋友的，讓我對她產生不少好感——作爲同事而言。

然而在她強硬的外表下，內心隱藏著深沉的情感。沒有人是天生冷血，大多都是因爲經歷過許多旁人無法體會的傷痛，才學會僞裝成刺蝟保護自己。

「曦文今天很奇怪！」小佐眼珠一轉，像是發現新大陸般，訴說起禹曦文今日的怪異行徑。

往常只要工作出了差池，不管過錯在誰身上，禹曦文會連帶所有人都罵過一輪，小佐平時最常挨罵，她能在禹曦文底下待上一年，某種程度上來說，也算是心理素質堅強了。

「可是她今天居然說這不是我的錯，讓我超級懷疑昨晚的樂透一人獨得得主，該不會就是曦文吧，不然她怎麼會這麼反常？」儘管小佐嘴上如此調侃，但她也不敢待太久，說完便趕緊溜回編輯部辦公。

我坐在自己的位子上朝禹曦文的方向看去，她正皺著眉頭打字，每次她一投入工作，臉上總是流露這般神情。

「王皓群，你跟我來一下。」此時主管走近我的辦公桌邊，速度還眞是快。

一關上會議室的門，主管馬上沉下臉，「你是對薪水不滿意，還是有人挖角？」

我不禁失笑，我超級滿意這間公司所提供的待遇和福利，同事之間也相處得很好，「都不是，是個人因素考量。」

「不要用這種官方理由應付我，如果有人挖角也沒關係，薪水方面好談。」主管語重心長，「失去你，對於我們公司絕對是一大損失。」

「很感謝主管的看重，但眞的不是有人挖角，我會提出離職，是因爲……」我思索片刻，決定說實話，「我的一位好朋友在國外不知道發生了什麼事，我很擔心她，必須過去看一下，這一看，不曉得會是多久，與其這樣請假……我想不如……」

「什麼啊，這種事好說嘛。」主管眉間的陰鬱一掃而空，「就讓你請長假，一個月夠吧？如果不夠，也可以商量留職停薪如何？」

沒想到主管會如此慰留我，看來這些年在這間公司的努力沒有白費。

「那我可能需要請假一個月。」

「沒問題！我會跟上級報告的，你只要保持聯絡就好。」主管鬆了一口氣。

我傳了訊息給可可，告訴她我搭乘的飛機航班。

這一次她很快主動打了視訊電話給我。

「你瘋了嗎？爲什麼突然要過來？」她的臉出現在手機螢幕上，背景像是在某個公園，她看起來不是很高興。

「誰叫妳打了那通電話。」

「我的天呀，以後我不會再打那種電話了，你別過來了。」她走到一旁的長椅坐下，戴上耳機與我對談。

「不行，妳有任何事還是要打電話給我，我知道妳沒事不會打那種電話過來，既然妳打來了，我就會過去。」

她吸了吸嘴，「我沒有要你過來。」

「怎麼?現在不會要求我馬上出現在妳面前了是吧?」

「齁，那都是大學的事了，我現在變成熟了好嗎?」她沒好氣地笑了聲，隨後認眞地對我說：「皓皓，不要過來。」

「爲什麼?」

她眼神猶豫，微微張開的嘴卻說不出拒絕的理由。

「妳不說，我就一定會去。」所以我半威脅她。

「我和王博宇……不太好。」

「那我就更……」

「你如果過來，我們會更不好。」

我捏緊手心，隔著一座海洋，她這番話語叫人如此寂寞。

「妳想要我過去嗎?」

她默不作聲。

「可可？」

「我不知道。」

「那我大後天會到。」

「皓皓……」她很無奈。

從她婚禮那天算起，至今已時隔兩年多。

將她送到別人手裡，我希望她獲得的是幸福，而不是像現在這樣。

我也知道我的角色很尷尬，更明白王博宇並不是眞的不介意我的存在，所以他才會急著向可可求婚，並把可可帶離臺灣。我不是傻子，他更不是。

「妳要我帶些什麼過去嗎？」

「嗯……泡麵，還有餅乾，如果還能帶珍珠奶茶就更好了。」然後她笑了起來，帶著些許疲憊與無力。

「沒問題，我什麼都會帶過去給妳。」

「皓皓，」她看著螢幕裡的我，輕聲呢喃，話音幾不可聞，「爲什麼婚禮那天，你沒有說出口呢？」

我還來不及回答，她便搶先切斷了通話。

「禹大編輯。」

「怎麼了？這麼憔悴？」禹曦文從堆積如山的文件中抬起頭看我，停下手上的工作。

「我要請一個月的長假。」

「為什麼？」她很訝異。如果有一天，她忽然告訴我她要請一個月的長假，我大概也會像她一樣驚訝吧。

我們都是為工作而活的人。

仔細想想，我並非想要為工作而活，而是如果不把時間精力投注在工作上，便得面對心裡那塊巨大的空缺，進而被吞噬。

她跟著我來到交誼廳，很快猜到我請那麼長的假，是為了那個她也知道的國外友人。

「她是我最親密的家人，我可以為她做任何事。」

「那為什麼不是她回臺灣？」

因為可可不敢。

她看似果斷，其實很優柔寡斷，沒辦法做下重要的決定，就如同我一樣。

「目前還不確定她那邊的狀況，總之我先過去一趟，如果沒大礙，我很快就會回來，讓她繼續待在那裡，但如果情況不樂觀，我當然就會帶她回來。」我已經不想再後悔了。

禹曦文略顯激動地抓住我的手臂，「所以，你要搶走她嗎？從她老公身邊？」

這位感情經歷和我有些相似的女性，正在談一場玉石俱焚的戀愛，和一個有婦之夫走上了見不得光的道路。

忽然間，我很擔心眼前的她。

「曦文，奉勸妳一句，不要期待一個男人剩餘的關心。」

「那你又如何？不惜辭職也要特地跑去國外一趟，只爲了確認她過得好不好，卻連搶走她的勇氣都沒有？」

如果可可過得很好，只是和王博宇發生了一點矛盾，那我會勸和，我不會因爲私心而帶走她。

「我只要她幸福，其他什麼都不需要。」這會是我永遠的願望吧。

「如果她的幸福在你身上呢？」

然而禹曦文的回應，卻讓我結結實實地愣住了。

想起稍早可可在電話那頭問我的那個問題，她希望我在她婚禮當天說什麼？難道那天我該做的，不是祝她幸福，而是搶婚嗎？

不，不會的。

不是這樣的，如果她是這個意思的話……那我當時的祝福算什麼？

可可並不愛我，我曾經以爲她可能愛著我，但事實證明，就算她愛我，那樣的愛也不是男女之間的愛情。

高中的那次接吻，讓我確定了我愛她，可是可可卻沒有同樣的感覺……

「不是的……我和她幾乎認識了一輩子，我很瞭解她。」我拋開那些想法，告訴自己不要懷有希望，「可是曦文，我很擔心妳。」

禹曦文竟大聲笑了起來，彷彿將我的關心當成是笑話。

「王皓群，謝謝你關心我，但不需要爲我擔心，我沒事，眞的。」她如此說。

我清楚知道她不可能沒事，成爲感情裡的第三者，怎麼可能沒事。

然而禹曦文看起來卻像是眞的沒事一樣，嘴角掛著淺淺的笑容。

或許眞的不需要擔心她吧，在某些事情上，她比可可果斷多了。

既然她選擇和那位攝影大師Ciel陷入不倫戀情，想必她也有一定程度的覺悟。

我不會去評斷她那麼做是對是錯，不是當事人，總是能說得比較輕鬆。

所以最後我和她握了握手，給予彼此祝福。

透過機艙窗戶，我看著下方的地面越來越近，下一刻，我貼緊椅背的身軀感受到機輪著地時的撞擊，心中登時有種終於又能和可可踏在同一塊土地上的滿足感。

「皓皓！王皓群！」

戴著貝雷帽、穿著風衣和緊身牛仔褲的可可興奮地朝我招手，我推著行李走到她身邊，腳踩高跟鞋的她卻猛地飛撲到我的懷裡，我差點就要往後傾倒。

「好久不見！我好想你！」她開心地在我耳邊說，那屬於她的獨特香氣灌入我的鼻腔。

「嘿，我也很想妳。」我也輕輕回擁了她，她嘿嘿笑了兩聲。

「累不累？光時差就要調三、四天喔。」她伸手捏了下我的臉，「怎麼好像瘦了？」

「瘦的是妳吧。」我輕扯嘴角，她的氣色不算差，但也不算好。

「先去我家放行李，然後我帶你去吃好吃的。」說完，她伸手就要拉我的行李箱。

「可可什麼時候會幫忙拉行李了呀。」我攔下她的手，不忘調侃她。

「齁，我變了很多好嗎？」她驕傲地抬起下巴，「我現在法文也變得很流利喔。」

「這不是當然的嗎？妳住在這邊耶！」

「你就不能誇獎我一下嗎？」她舉起一隻手作勢朝我揮了揮，虛張聲勢的凶狠模樣一點也沒變，「太久沒被修理了嗎？」

「注意氣質，妳穿得這麼漂亮，做出這樣的舉動很不搭喔！」

她頓了下，微微蹙起眉，表情不知該說是驚奇還是失落，「沒想到你現在變得這麼油嘴滑舌。」

「妳不也變得善解人意。」

我們靜靜看著彼此，短短兩年多，我們都在對方看不見的地方，變成了對方不熟悉的樣子。

不見，是寂寞。再見，是孤寂。

「不去妳家，我有訂飯店。」爲了打破這層莫名的不快，我扯開話題。

「你爲什麼要訂飯店?住我們家就好啦，我們家有很多房間。」

可可說得理所當然，卻令我有些難受。即使到了現在，偶而，我還是會被一些「理所當然」給刺痛。

你們家。

「我過去那邊住有點奇怪，況且我一個人住飯店也比較自在。」我如實說。

以前的可可絕對會回「哪有什麼奇怪呀」，或是「怎麼會？老朋友聚一聚很好啊」，這類不懂得看臉色的話。

自從她在婚禮那天明白了我的心情後，她就不再那麼說了。

「嗯……博宇他不在家。」

「去上班？」

「不是，他到英國出差，至少這個星期都不會在。」她扯扯嘴角。

從她黯然的眼神，我能猜得到王博宇之所以不在家，恐怕不單單只是因爲出差。

「那我就更不能去了。」我握緊行李箱的把手，「別跟我爭了，先去飯店放行李，再帶我去逛逛吧？」

「……好吧。」

可可問了我飯店地址，大手筆地直接叫了Uber坐上去，我問可可車資多少，她說出的數字讓我咋舌，想勸她改搭其他接駁交通工具就好，可可卻笑了笑，「反正我在這邊唯一的工作就是，花錢。」

乍聽之下，這句話該是被酸民罵爆的炫富，然而她的語氣裡，卻滿是對自己的嘲諷。

飯店所在的位置距離地鐵步行約十分鐘左右，離可可家大概搭三站地鐵能到，我訂的是單人房，空間不大，價格卻很不親民。

「我說，你就去我那邊住好了。」她環顧房間一圈後嘀咕，「如果你很介意，可以等博宇回來以後，再過來住也行。」

「沒關係，就這樣吧。」我把行李放到一旁，取出一些必要物品放進隨身包包，「走吧，可可，妳要帶我去哪晃晃？」

可可眼睛一亮，「我跟你說，來法國就是要吃可麗餅。」

我微微蹙眉，可麗餅不是甜點嗎？有必要一下飛機就特別去吃嗎？

「我知道你在想什麼，在法國可麗餅可是能當正餐的呢。」她搖搖手指，一副識途老馬的姿態。

「好吧，那就有勞可可帶路了。」我故意做了一個欠身的動作。

她的目光停留在我額頭上好半晌，接著露出一抹複雜的笑，「嗯，快走吧！」

這是我第一次造訪巴黎，街上的巴黎女性儘管衣著簡單，看起來卻優雅時尚，身上更飄散著不同的香水氣味。

「妳平常噴香水嗎？」我問，方才在我懷中的她並沒有那些化學香味。

她皺了皺鼻子，「沒有，這裡不論男女都會使用香水，但我還是不習慣。」

可可領著我來到一間外觀由紅色磚瓦砌成的餐廳，室外的座位坐滿了人，室內反倒沒什麼人。

「歐洲人喜歡在外面曬太陽，加上方便抽煙，所以露天座位很受歡迎。」可可對我解釋完，扭頭用流利的法文向服務員點餐，甚至沒問我想吃什麼。

不一會兒，服務員送上一道只均勻灑上糖粉的樸素可麗餅，並送上刀叉。

「當做是西餐在吃嗎？」我看著可可熟練地使用刀叉切開餅皮，舉起叉子叉起一塊送到我嘴邊。

「這裡是法國，所以每一餐都是西餐。」她笑著示意我張開嘴巴。

「妳現在是要餵我？」

「是呀，你大老遠過來一趟，讓本小姐餵你吃一口東西不爲過吧？」她促狹地說。

「我才不要。」

「幹麼這樣？難道你不想我？」她話裡帶著玩笑的意味。

「不想。」而我說謊了，左邊的眉毛不受控地往上挑起，從她注視著我的眼神裡，我明白她看見了我藏在謊言下的眞心。

「你……從什麼時候開始不留劉海了？」

我摸了摸自己的額頭，「妳離開以後。」

「怎麼這樣？難道你只會對我說謊？」

「只有妳知道我的小祕密，既然妳不在，就算我說謊也沒有人能察覺。」我聳聳肩，想用輕鬆的態度回應。

可可只是淺笑不語。

服務生又送上第二道可麗餅，和上一道不同，餅皮由四周往內折，正中央有顆半熟蛋，並灑滿了碎肉、起司、番茄、洋蔥、九層塔等佐料。

「這個口味有點辣，也有點鹹，但是我很喜歡。」可可淡淡地說。

她將原本要餵我的那塊可麗餅自己吃下，我們安靜地分食那兩份可麗餅，誰也沒有再說話。

時差的威力在稍晚襲來，明明才晚上七點多，我卻覺得昏昏欲睡，可可原本提議要去拉法葉百貨逛逛，但眼看我的眼皮快要闔上，便決定還是早點回去休息好了。

「妳家不是就在這站？」見她打算和我一起走進地鐵站，我忍不住問。

「我送你回飯店。」

「不用吧，應該是我送妳回去才對。」我打了個大哈欠。

「我在巴黎待了兩年，路很熟了，我比較怕你迷路。」她低聲說，「法國人不太理會只會說英文的觀光客，你英文再好也沒啥用。」

「沒那麼誇張啦。」我又打了個哈欠。

「我送你回去。」她上下打量我，「你一看就是觀光客，小心等一下被搶劫。」

「不用，妳快點回去。」我堅持。

「所以我不是說了嗎？你來我這邊睡不就好了？」她不滿地癟嘴。

「可可，妳真的覺得我過去合適嗎？」也許是睡意湧現，也許是一整天下來，我們的相處方式與從前不太一樣，多了份預期之外的彆扭，讓我不由得脫口而出。

「怎麼會不合適？」

我拉住她的手腕，她微微一愣，身體有點僵硬，「可可，妳認真覺得我這時候合適過去？在王博宇不在的時候？」

她沒有答話。

「他知道我過來嗎？」

「……不知道。」她垂下眼眸。

「所以妳其實也知道啊。」我不禁失笑。可可不是傻子，她知道我們不可能回到過去。

當分居臺灣、法國兩地時，透過電話、透過視訊，我們還是能當可可和皓皓，當那對自五歲就陪伴彼此至今的青梅竹馬好朋友。

可是，當我們實際來到對方面前，就必須認清彼此都已經不是五歲小孩了，我們是男人和女人。

「妳要告訴我，妳和王博宇怎麼了嗎？」

「……你很累了吧，皓皓？」她抬頭看著我的眼睛，「不差這一刻，也許你該回飯店先睡個覺。」

「嗯，我在這裡看著妳走。」

「你先進地鐵啦。」

「不要推托了，快點吧。」我又打了個哈欠。

於是可可不太情願地先行離去。

看著她走遠的背影，我心中有種踏實感。

她終於在我伸手就能碰觸、張眼就能看見的地方了。

羅浮宮、凱旋門、香榭大道等觀光客必訪的朝聖景點，其堂皇壯麗令我瞠目結舌，一想到可可這兩年就是在這種地方生活，不免忽然覺得這樣的她距離我有些遙遠。

在羅浮宮前，可可踩在一塊石階上，告訴我這是最佳拍照景點，可以把後方的玻璃金字塔全部拍進去；而我卻說我對拍那種照片沒興趣，我想找《達文西密碼》裡的地上標記，她笑了好久，堅稱那只是小說家虛構出來的。

羅浮宮裡的展品非常多，就算待上一整天也逛不完，可可時常停駐在一幅畫或是一座雕刻前陷入沉思，我忍不住問她真的都看得懂嗎？

「當然看不懂，但只要這樣凝視展品，偶爾若有所思地點點頭，看起來就很有氣質、很文青。」可可低聲說，還俏皮地扯動嘴角一笑。

「妳這是第幾次來羅浮宮了？」我看著維納斯的雕像，可可依然在一旁裝沉思。

「說不定有二十次了。」

「怎麼可能？」

「真的啊。」

「爲什麼？妳這麼喜歡羅浮宮？」

「因爲沒事做。」可可的話聽起來像是在開玩笑，但其實很認真，「而且這裡很安靜，也有非常多觀光客，有很高的機率能遇見講中文的遊客，可以讓我多少覺得靠近臺灣一些。」

從我來巴黎到現在，可可時不時會露出這樣寂寞的神情，即便我陪在她身邊，她仍在某些時刻顯得鬱鬱寡歡。

每當我問她怎麼了，她卻一再顧左右而言他。

扣除晚上各自回住處睡覺的時間，我們幾乎都在一塊兒，然而我卻未曾見王博宇聯繫過她。

「可可……」

「對了，雖然沒有《達文西密碼》裡的地上標記，但有艾蜜莉工作的咖啡廳，有興趣嗎？」

「《艾蜜莉的異想世界》電影拍攝場景？」

「對，那間咖啡廳我一直想去，但一直沒機會去。」可可挽著我的手臂，「這下子我們可以一起去，然後開一瓶紅酒來喝！」

我拿她沒輒，輕輕笑了笑，在她的帶領之下去到那間位於蒙馬特的咖啡廳。

咖啡廳與我印象中的模樣差距甚遠，又或許是那部電影是我在學生時代看的，早已在記憶中褪色失真。

可可一邊用流利的法文向服務生點菜，一邊翻譯成中文給我聽，儘管她和我記憶中的她有些不同，卻仍然是我所熟悉的那個她。

忽然可可像是被服務生說的話逗笑了，兩個人都笑嘻嘻地瞥了我一眼，隨後服務生將菜單收回去，轉身離開。

「怎麼回事？」

「他說你用熱情的視線注視著我，所以他要請你喝一杯酒。」可可對我眨眨眼。

「妳亂講的吧。」我半信半疑。

兩分鐘後，服務生果眞走過來爲我倒上一杯紅酒。

在法國酒比水還要便宜，也難怪服務生這麼慷慨地招待我一杯紅酒了。

可可來到法國後，明顯酒量變好，不過以前在臺灣的時候，我也沒和她一起喝過酒，對她的酒量其實也不甚了解。

「你曾經和女人單獨喝過酒嗎？」可可搖了搖酒杯，嘴唇被酒汁染紅。

我想起那次跟禹曦文去串燒店吃宵夜喝酒，還巧遇了Ciel。

「嗯，和同事喝過。」

「女生喔？」

「對啊。」

禹曦文在工作上標準很高，時常爲了許多事發飆，談戀愛以後才變得圓滑許多；要是可可留在臺灣就業，她大概也會成爲像禹曦文這樣的女強人吧？然後也會對助理頤指氣使，被冠上難相處的名號，不過倒是應該能和禹曦文成爲好友。

「爲什麼笑了？」可可微微側頭看我。

「我笑了嗎？沒什麼。」我拿起酒杯，「乾杯。」

「……乾杯。」她似乎若有所思，將杯裡的紅酒一飲而盡。

離開咖啡廳後，我們決定前往巴黎鐵塔。

途中，可可的手機響了起來，是簡伊凡打來的。

「現在臺灣是凌晨，她不睡覺嗎？」我不以爲然道。

「她很常這時間打電話過來。」可可見怪不怪，接著露出一個可愛的壞笑，「你來接，嚇她一跳。」

這個提議讓我躍躍欲試，所以我清了清嗓子，接起簡伊凡的來電。

「喂？」

「……王皓群？」結果簡伊凡這女人只停頓片刻，便準確無誤地猜出是我。

「這樣妳也猜得到？」我有些沒勁。

「除了你還有哪個男人會接戚可帆的手機？」簡伊凡倒抽一口氣，「等一下，不會吧，是我期待的那種發展嗎？」

感覺這女人又要語不驚人死不休了。

「你是過去搶人家老婆的嗎？」

果然。

「妳眞是……」我翻了翻白眼，正準備說她幾句，卻被她打斷。

「把可帆帶回來吧，王皓群。」她的音量不大，卻十分堅定，「不然，你就永遠忘記她吧。」

我看著面前還在偷笑，等著我回報簡伊凡反應的可可。

要我永遠忘記她？有可能嗎？

但也許維持現狀走到最後，就將走到這個結局。

「嗯。」

「『嗯』的意思是？先生，你都跑到法國了，別一個人回來好嗎？我想你會去也是察覺可帆怪怪的吧？」她打了一個哈欠，「難道我不知道她怪怪的嗎？否則我幹麼犧牲睡美容覺的時間，挑這種時候打電話給她？」

「她到底什麼反應？怎麼講這麼久？」可可好奇地問。

「王皓群，那種半調子的好人或壞人是最糟糕的，要麼當一次壞人，把可帆帶回來；要麼當好人，別再繼續這樣下去。不然王博宇算什麼？」

「換可可聽。」我說完直接把手機還給可可。

「哈哈哈，妳有沒有嚇一跳？」可可嘻嘻哈哈地和簡伊凡聊了起來。

而我在一旁陷入沉思。

從以前到現在，每個我和可可的共同友人，甚至連我們各自的家人，都把我和可可視為一對，儘管我和她從來沒有交往過。直到可可和王博宇結婚後，眾人才打消了這樣的念頭。

唯有簡伊凡，偶爾還是會拿這件事做文章。

「你們眞的很令人生氣。」

即便簡伊凡這麼說，但我人在臺灣，可可在法國，就算我有其他想法又如何？也只能一笑置之。

可如今我特意飛過來，若不問清楚可可的心思，只是依舊維持現狀，那麼不僅什麼都無法改變，更對誰都不公平，尤其是王博宇。

我和可可，是最親密的家人，但我們並不眞的是家人。

過去我曾以爲自己對她的感情就像是家人一樣，只是因爲相伴彼此太久，所以才一度把親情誤認爲是愛情。直到後來，我才慢慢懂得如何分辨愛情與親情，兩者不能混爲一談。

願可可幸福，無論她人在哪裡，即使我不在那裡——這樣的情感，不是親情，而是我對可可愛情的昇華。

「我們進去一下。」可可不知道何時已經講完電話，拉著我走進斜前方不遠處的酒類專賣店。

「不是要去巴黎鐵塔嗎？」

「在巴黎鐵塔下喝紅酒，不是很浪漫嗎？」她格格笑了兩聲，拿起一瓶紅酒結帳，另一隻手還握著兩個酒杯。

這瓶紅酒居然只要兩歐元，同樣等級的紅酒在臺灣絕對不只這個價格，這裡還眞的是酒比水便宜。

夜晚的巴黎，微涼的風拂面而來，走在街道上十分舒服；沿途經過的每一間餐廳，露天座位區幾乎都坐滿了客人。

繞過一棟建築，燈光亮起的巴黎鐵塔就在眼前，許多遊客聚集於此，興奮地以巴黎鐵塔為背景拍照。

「我知道有個地方人會少一點，皓皓，你要顧好包包，別被扒喔。」可可說完，就往另一邊的樓梯跑去。

我趕緊追上，她輕巧地穿梭在人群之中，我深怕眼睛一眨，下一秒她就會消失不見。

「可可、可可，等等我。」我急忙說。

她沒聽到我的叫喚，嬌小的身影迅速隱沒在人群裡。

從以前就是這樣，我總是跟在她的身後看著她、追尋著她。

我看著她先長大，看著她先想釐清我們之間的關係，然後再看著她對我說，我只是她最重要的家人。

她永遠跑在我的前方，偶而停下腳步回頭笑看著我，要我快點跟上。

然而她卻越跑越快，越跑越遠，還刻意挑選了位於南部的大學就讀，率先離我而去。她這個舉動彷彿是在對我說：快點長大吧，皓皓。

「不要離開我！」我大喊，提速衝上前抓住可可的手，她嚇了一跳。

「皓皓，你怎麼了？」

我驚恐地環顧四周，雖然路上的行人還是很多，但已不若方才那般摩肩擦踵。

可可略微尷尬地笑了：「你是差點迷路了嗎？跟緊一點好嗎？」

「我……一直都跟著妳啊，但總覺得妳好像一瞬間就不見了。」我鬆開她的手，低聲說。

「我不會不見啊，我不就在這裡嗎？」她用力打了下我的手臂，像是突然想起什麼，忿忿地說：「不知道誰才是一談戀愛就會消失。」

這句話讓我思忖，她也曾認爲我會消失嗎？

「好了，我們快到了，走吧！」她主動挽著我的手臂。

「可可……」我有些抗拒。

「幹麼？我們小時候不也這樣？」

「現在怎麼能跟小時候一樣？」

「喔？現在換你迎接青春期的彆扭了嗎？」她歪頭。

我正想說話，可可卻已急切地拉著我往前邁步。

來到一處可以清楚看見巴黎鐵塔的平台，可可拿出串在鑰匙圈上的簡易開瓶器，一下子就順利拔出紅酒瓶口的軟木塞，倒了兩杯紅酒。

她把其中一杯遞給我，隨口說：「今天正好是滿月呢。」

是啊，圓圓的月亮就高懸在巴黎鐵塔頂端。

四周除了參雜各國語言的喧鬧話聲，平台下方還隱約傳來音樂聲。

一對對情侶毫不在乎他人眼光，熱烈親吻著彼此，百聞不如一見，巴黎果然是個浪漫的城市。

就著紅酒，我們聊起過去，聊起我在臺灣的生活，聊起彼此的家人，聊起我姪女妮妮有多可愛。

終於，在酒酣耳熱之際，我才有辦法問出那句我最想知道的——

「妳和王博宇怎麼了嗎？」

「沒怎樣啊。」可可的嘴唇再次因紅酒而更加紅潤，「我們沒有吵架，也沒有發生什麼事，只是一直都不太對。」

我安靜聽她說。

「我來到法國，才知道自己這麼沒用，語言不通，沒辦法交到朋友，更沒辦法找到工作。王博宇很忙，所以我有非常多自己的時間，一開始我還很興奮，每天都在想著要怎麼把家裡布置成理想中的樣子，到處去見識那些只在電影上看過的景點。然後有一天，當我走在塞納河畔，我忽然覺得很想念臺灣，很想念以前的自己。」她側頭看我，眼神迷濛，「很想念你。」

「他……完全沒時間陪妳嗎？還是妳要不要去學一些什麼東西？把重心轉移到別的地方，或許就……」

「兩年了，你想得到的，我會想不到嗎？我會沒有試過嗎？我只是更加確定了那種不確定感。」她又飲下一口紅酒，「就像本來一直很寶貝自己的一頭長髮，細心梳理，洗髮時控制水溫，每天潤絲，定期護髮，不讓頭髮分岔或斷裂，然後某天睡醒，忽然覺得乾脆剪掉算了，接著馬上就去剪了。看著鏡中短髮的自己，不禁會想著，爲什麼先前會捨不得剪去長髮呢？明明剪短了以後又清爽、又好看，先前自己到底是爲了什麼猶豫不決呢？」

可可說，那段時間時她經常坐在賽納河岸的露天咖啡座上，看著往來的人群發愣，而她的腳邊則放著各種以前買不起的名牌精品紙袋。她在這些孤寂的空白片段裡，思考自己到底要的是什麼。

「然後有一天，他問我，要不要生個孩子。」

噗。

我差點把嘴裡的紅酒噴出來，同時心臟重重一跳。

要是……他們有了孩子……

「那妳怎麼回答？」我故作鎮定。

「在那個當下，我沒有做出任何反應，」她抿了抿唇，「和博宇有小孩這件事，似乎從來……從來沒有出現在我未來的藍圖之中。」

「這是……」

「我對未來有很多想像，但當我站在這塊陌生的土地上時，我腦中全是過往的回憶，我甚至會想，要是我還留在臺灣，我會從事什麼工作？當我看著你寄過來的雜誌，我想著，要是我和你在同一間公司上班會怎樣？我是不是也會每天都被截稿的死線追著跑，下班再和同事去喝一杯，順便罵罵上司……並且在劉旻文終於向簡伊凡求婚的時候，我能陪著簡伊凡一起尖叫落淚……」

她低垂下頭，「王博宇問我，是不是後悔跟他過來巴黎？他是不是讓我失望了？他是不是對我不夠好？他問我……他問我，有愛過他嗎？」

沉默一陣，她抬頭看我，眼睛裡全是愧疚，「他問的是『有愛過他嗎？』，而不是

『還愛他嗎？』，你知道這兩者的差異嗎？我說我愛他，可是王博宇卻笑了，他說他不知道該怎麼做，不知道該怎麼跟我相處。我不知道我們之間出了什麼問題……」

「妳是眞的不知道嗎？可可。」

她因我的話而睜大眼睛，顯得有些慌張，「他對我太好了……好到我承受不起……好到我根本、根本沒資格擁有他的關心、他的愛。」

王博宇家裡的歐洲分公司正値起步初期，工作非常忙碌，他並沒有太多時間陪伴可可，但他給了可可經濟無虞的優渥生活，偶爾休假也會帶著她遊覽法國。

「然而正是因爲如此，我更加痛苦。」可可掉下了眼淚，「前一陣子，他比平常早回來，當時我正好在和你視訊，就是請你同事代買太陽餅那次，我沒有注意到他回來了。掛斷電話後，他來到我身後，不由分說就直接……」她嚥了口唾沫，「我們是夫妻，那本該沒有什麼，但我當下卻下意識推開他，我不知道怎麼……然後他說……他說……」

「我都把妳帶到法國了，妳爲什麼還不能跟他斷掉關係？」

「他從來……沒有對我說過這樣的話，他很少提起你……我知道他是因爲公事影響心情，才會這樣……可是……我就在是忽然之間確定了那種不確定感。」她淚眼婆娑地牽起我的手，「皓皓，我好想你。」

「你親下去了沒？」

嗯，這種話就只有簡伊凡這位妖女會說。

她那股強烈的八卦欲望，足以讓她寧可犧牲睡眠時間，也要纏著我問個究竟。

回到飯店後，我發現她傳了訊息給我，要我獨處時回電給她。

想也知道她要幹麼，我當然不予理會，不過她也理解我的個性，又在訊息後面備註：

「要是你不回我電話，我就會當做你和可帆翻雲覆雨去了。」

所以我回電了。

「簡伊凡，她結婚了，我不可能做那種事。」

「我不懂欸！巴黎鐵塔、紅酒、黑夜、滿月、異國風情？這不要說親下去了，我一定直接就地解決了耶！」

「妳收斂一點！」我忍不住吼她。

「王皓群！當個大聖人不會讓大家更幸福好嗎？我真的快看爛你們的戲碼了，這樣愛得像小可憐一樣，久了是很討人厭的。」

「妳不要自己修成正果，就在那邊說嘴。」

「哈哈哈，我又不會假裝自己是小可憐，我可是隨時都做好心理準備離開。當然我也不是說你在裝可憐，可是我眞心覺得，你都爲了她去到法國了，像個男人一點好嗎？」

「沒那麼容易……」

「可可都說出那些話了……對，我也認爲王博宇很可憐，但是你們眞的以爲王博宇是笨蛋嗎？他不會知道嗎？他急著結婚、急著把可帆帶走，爲的是什麼？當然是遠離你啊！如果可帆無法全心全意愛王博宇，如果你也沒辦法永遠不理會可帆，那拜託你們放過王博宇，當個全面的壞人，你就把可帆帶走吧。」

「……妳說話還是跟以前一樣，都不顧及後果。」

「後果啊……頂多就是他告你妨礙家庭，大概就是賠錢了事吧，但反正你應該也存了不少錢吧。」簡伊凡說話總是如此「現實」。

「妳……」此時房內的電話冷不防響起，我對簡伊凡說：「等我一下。」

我伸出另一隻手接起，原來是櫃臺人員通知我有訪客外找，問我是否願意接見。

「該不會是可帆來找你吧！天啊！」簡伊凡顯然在手機那頭聽見了，大聲尖叫。

「白痴，訪客是男生。」

我和簡伊凡都想到同樣的人選。

「王博宇來找你攤牌了嗎？欸，你和他聊完打給我，讓我知道你平安無事，我很怕他會殺了你！法國可以合法攜帶槍隻嗎？」簡伊凡難得流露出擔心，雖然一番言詞依舊很欠扁。

「王博宇不會的。」

過了一會兒，門鈴響了，於是我掛掉簡伊凡的電話。

打開房門，王博宇看起來比我最後一次見到他時還要憔悴不少，也瘦了一些。

「好久不見。」他說。

我向他點點頭，將他迎進房內。

穿著合身西裝的他站到窗邊，手上還提著公事包，大概是剛忙完工作就直接過來了。

「你怎麼會來？」他也不做多餘的客套，單刀直入。

「我來見可……可帆。」

他扯動嘴角一笑，「你就稱呼她可可也沒關係。」

「你工作到現在嗎？」目前時間是凌晨兩點。

「嗯，來到國外以後一直都是這麼忙，所以我很難和顏悅色，這點請你見諒。」他揉揉眼睛，「別拐彎抹角了，我知道你來一陣子了，儘管可帆並沒有告訴我。這段期間你們去了哪裡、做了什麼，我也都知道，只唯獨不清楚你來這一趟的目的。」

「你派人跟蹤我們？」

「巴黎的治安不比臺灣，可帆平常都是一個人行動，我總是該派人暗中保護她吧。」

他說得理所當然，接著抬手壓了壓緊蹙的眉心，「原本你來的第一天我就要回來，但情況不允許我走開……」

「你知道我對可可的感情，不只是青梅竹馬之間的情誼嗎？」

王博宇放下手，疲憊的雙眼布滿血絲，憔悴與痛苦全表現在他略顯猙獰的面容上，

「我在第一次看到你時就知道了。」

「拜託你們放過王博宇，當個全面的壞人。」

簡伊凡剛才聽似荒唐可笑的那句話，此刻卻在我心底響起。

「你們都已經結婚了，我本來不想打擾你們的，但如果可可不幸福或是猶豫了，」我深深吸了口氣再緩緩吐出，「那麼我會逼她做選擇。」

「你用什麼身分跟我講這種話？你知道我能告你嗎？」

「我知道，但我並沒有對她做出任何踰越的行爲，想必你派的人一定也是這樣跟你回報。」

他沒有回話，盯著我的眼神並不友善，「我要你明天就回臺灣，給我你的護照號碼，我請祕書替你買機票。」

「你沒有資格這樣要求我。」

「事實上，我有。」他冷冷地看著我，「你想帶走可帆，對吧？」

「那是建立在她不幸福的前提下。」我迎向他的雙眼，毫無遲疑與退縮，「所以，是的。」

對於我的回答，王博宇雖不太高興，卻冷笑出聲，「這麼多年，你終於願意說實話了。」

「所以在問出可可的答案之前，我不會離開。」

「你和我都知道，如果她能輕易回答，事情就不會變成現在這個樣子了。」王博宇半晌後又說：「你和我也都知道，不能永遠這樣下去。我要你跟我做個約定，等到你去機場的時候再問她，無論她做出什麼選擇，另一個人都要永遠離開。」

王博宇和我一樣，喜歡一個人的時候，可以做到如此卑微。

於是我把護照交給他，並收拾好行李，與他回到他和可可在巴黎的家。

見到我和王博宇同時出現，可可非常訝異，看向我們的目光浮現深深的歉疚。

「我現在要送他去搭飛機。」王博宇打破沉默。

「爲什麼？」可可驚呼。

「我該回去了。」我笑著說。

她不發一語，目光來回掃過我和王博宇，最後還是跟著坐上了車，一同送我到戴高樂機場。

當我置身在機場，望向出境大門時，我彷彿重返可可的婚禮現場，頭頂刺目的燈光照得我近乎暈眩，眼睛望出去的景物都在旋轉。

「皓皓。」

我回過頭，可可舉起的手停在空中，神情猶豫，卻又不敢上前。

王博宇站在可可身後不遠處，雙手插在卡其色風衣口袋，戒愼恐懼地看著我。一直以來，在可可看不見的地方，他總是用這樣的表情看著我。

「皓皓，你要保重，回到臺灣以後，馬上傳訊息給我。」可可勉強擠出一個難看的微笑。

我差點就要衝過去抱住她，但我克制住了，我不能做出那麼自私的舉動，我唯一該做的，或許就只是開口問清楚。

「那如果她的幸福在你身上呢？」

禹曦文的話迴盪在我耳邊。

這些年，我問過可可嗎？

我要她幸福，但我問過她幸福嗎？我曾經認真看著她的眼睛，問過她這個問題嗎？

王博宇微微一動，似乎要邁步上前。

這……大概真的是最後了。

我不能在每次可可遇到困境的時候，就千里迢迢來到她身邊。

我和她之間，不可能永恆不變，也不應該永遠維持過往的情誼。

這對誰都不公平。

「戚可帆。」這大概是這麼多年以來，我第一次喊她全名。

聽聞我的呼喚，可可一愣，臉上湧現寂寞的神情，雙眼泛起淚霧。

王博宇臉色一變，似乎想阻止我往下說，但他也克制住了，我們約好，讓可可自己做選擇。

無論結果如何，我們都會接受。

我和可可不能永遠躲在「青梅竹馬」四個字背後，宣稱我們是彼此最親密的家人，用這種謊言來自欺欺人，那我們活該一輩子痛苦。

「我從小就一直喜歡著妳，不，應該要說是愛更爲貼切。」

她捂住嘴，眼淚從她漂亮的眼睛裡落下，我不知道她此刻是怎麼想的，但能確定的是，她一直很怕聽到我說這些。

「我愛妳，這一輩子，我都不會再這麼愛一個女人了。」

王博宇咬緊牙關，慢慢朝可可走去。

「儘管我愛著妳，但我交過女朋友。人有時候是很殘忍且矛盾的，即便心裡有人，還是可以和另一個人在一起。對我來說，妳一直都是不同的存在，我可以把妳放在我心中的最高殿堂，但也可以同時和另一個人交往。我想過，或許能將對妳的情感轉爲親情，所以才會和別人交往。其實這些話聽起來都像是藉口，對我以前的女朋友也很不公平。」

王博宇倏地停下腳步，他站在可可身後，距離可可只有一步的距離。

「我愛妳，但是，我不可以永遠這樣愛妳。」注視著可可頰邊晶瑩的淚珠，我緩緩朝她伸出手，「跟我回臺灣。」

可可滿臉震驚，她明白我話中的意思，這麼多年來，這是我第一次逼她。

「戚可帆。」王博宇也喚了她的名字。
她轉過頭看了看他，又轉過頭看我。
抉擇吧，可可，妳早就該做出抉擇，而我也早就該這麼做了。
無論這一次她選擇的是誰，另一個人都會永久離開。
「可可，妳幸福嗎？」我問。
我希望，妳能夠幸福。

飛機逐漸降低飛行高度，從窗戶得以瞥見熟悉的地貌景致，令我感到放鬆。
回到臺灣了。
當飛機在停機坪停妥，我做的第一件事便是打開手機，簡伊凡臨時幫我預約接機的司機已經到了，我請對方稍候片刻。
雖然向公司請了一個月的假，但這趟去往法國的時間其實不到兩個星期，不過我並不打算馬上銷假回去上班，畢竟還需要一點時間調整時差，順便休息幾天。
拿到行李後，我傳訊息給司機，告訴他可以把車子開過來了，我一手推著行李推車，一手朝後方伸了過去。
「這是什麼意思？」可可好笑地問，用力拍了下我的掌心。

「牽手啊，不然是擊掌嗎？」我看著她因為害羞而想要搞笑卻失敗的窘樣，這模樣倒是新鮮。

我們認識了幾乎一輩子，我卻沒見過可可這樣的表情。

我笑了，拉過她的手。

「好奇怪。」她似是有些不自在，「好像回到小時候一樣。」

「怎麼會一樣？」我換成與她十指緊扣。

「我不習慣這樣。」她雙頰微紅。

「很快就會習慣了。」

「我要怎麼跟爸媽解釋？」

「不需要解釋。」

「那要怎麼跟朋友解釋？」

「也不需要解釋。」我想了一下，「但妳可能要接受簡伊凡的嘲弄好一陣子了。」

她臉色一變，「想到就頭痛。」

「我不後悔逼迫妳做出選擇。」我誠摯地說，「我早就該這麼做了。」

「我也不會後悔。」她眼中盈滿笑意。

一個人去了法國，兩個人返回臺灣。

「可可，妳幸福嗎？」

問出這句話時，我的心情和當時在婚禮上一樣，我希望妳能幸福。

不要只是可能幸福的選擇，這次，我要妳選擇絕對能幸福的那條路，無須在乎道德倫理，就這一次，爲自己自私一次吧。

在戴高樂機場，眼淚流個不停的可可，轉身走向王博宇。

那一瞬間，我眼前的世界彷彿崩塌了，但是王博宇卻沉著一張臉，絲毫沒有被選擇的喜悅。

「對不起，對不起……對不起……」可可悲痛欲絕地邊哭邊反覆道歉，「對不起……」

而後她緩緩轉過頭，看向我的眼神不像是要與我訣別。

「所以，妳只剩下這句話要對我說了？」王博宇往後退了一步。

「對不起……」可可又一次對他說，臉上淌滿淚痕。

「我就知道遲早有這一天……」王博宇抬手遮住眼睛，嘴角彎出了苦笑的弧度，接著從風衣口袋拿出護照，裡面居然夾著一張機票，「妳走吧。」

「這……」不只可可，連我都驚訝了。

「趁我後悔以前。」王博宇放下按住雙眼的手，聲線緊繃，渾身僵硬。

「博……」可可開口。

「滾！快給我滾！」王博宇發出怒吼。

可可全身一震，嚇了一大跳，我快步走過去環住可可的肩膀，並從王博宇的手上接過護照和機票。

「我要帶她走了。」我說。

可可的肩膀不斷顫抖，她的哭聲令人心碎。

「在婚禮那天，你就該這麼做了，不，早在更久以前，你就該這麼做，而不是到了現在……才把她……」王博宇猛地舉起拳頭，眼中燃燒著憤怒與不甘。

無論他要怎麼揍我，我都不會還手，也不會躲開。

但他的拳頭卻兀自停在空中，久久沒有落下。

最後他鬆開拳頭，率先轉身離去。

可可身上除了護照，什麼都沒有，她孑然一身地跟著我回到臺灣。

「以前，我選擇王博宇，是因爲我知道你永遠會在，而我怕王博宇會離開。可是如果要說我這輩子不能沒有誰，那我不能沒有的其實是你。」她緊緊握住我的手，「或許，我將要面對很多責難，但我都願意接受，這是我該承受的。」

既然已經傷害了他人，也傷害了自己，那麼唯有忠於自己，才能不讓傷害繼續擴大。

我們誰也不是聖人，不見得能在當下做出最好的決定，若已然體認到先前做出的決定是錯誤的，那麼就該勇敢承認錯誤，做出另一個正確的決定。

幼兒在學會走路前，不也要痛摔過好幾次？或許我們就是得在傷害別人與被別人傷害的過程中，才能學會跌跌撞撞前進。

「皓皓，我還沒跟你說那句話。」她抬眼看我。

望著可可的臉，我一時有些恍惚，好像又見到了婚禮那天的她、大學的她、高中的她、國中的她、國小的她，以及五歲那時的她。

「我也愛你。」

那個拿著放大鏡蹲在操場上的五歲女孩輕聲對我說。

後記
愛情的最終也許眞是一片黑暗

《愛情，你不存在》最初於二〇一四年出版，至此所有早期曾於鮮歡出版的五本愛情小說，已全數重新出版完畢，再一次感謝POPO。

若曾看過二〇一四年版的《愛情，你不存在》，不難發現我新增了「尾聲」這個篇章對吧？

其實這也是我當時在心中眞正設定好的結局，就趁這個機會把它完整寫出來了，畢竟就算另外再寫番外，也是補充正文裡沒寫完的故事，而我不想寫紀曉容和易辰光的過去（任性），所以直接新增了尾聲。

必須說說爲什麼會使用「愛情花」以及「雨的味道」來做爲禹曦文和易辰光的暗語。

我曾經在某公司任職，那間公司裡的交誼廳就像曦文辦公室裡的那樣，可供員工在裡面喝咖啡，桌上也同樣擺置了裝飾用的盆花，而我的工作內容包括定期整理交誼廳，每次只要我稍微移動盆花位置，花瓣就掉了滿桌。

我心中想著，這什麼花啊？也太脆弱了吧。

不過，它紫色的花瓣好美。

於是我就去google，是的，我是個善用google的人。我輸入了「紫色、花瓣、脆弱」

等關鍵字，再根據跳出的圖片一張張進行比對，最後發現它名叫愛情花。

當下覺得好震撼呀！根本花如其名，美麗卻又脆弱不堪！

至於雨的味道，大家應該都聞過吧，下雨前有時候空氣中會有種潮溼的味道，小時候我還以爲是因爲自己有超能力，才能聞到這種味道呢，後來也是經過google發現，那只是一種自然現象，只能說眞相有點殘酷XD。

於是，我就把這兩者寫進小說之中，是不是在意境上很美呢？

時隔多年，再次閱讀《愛情，你不存在》，讓我不禁驚嘆二〇一四年的自己，怎麼會想要寫這樣的題材呢？當時眞是勇於挑戰。

我很喜歡禹曦文和易辰光的過去，以及禹曦文的勇敢、狠心與覺悟。

其實很多事都是一體兩面，身爲讀者的我們，希望曦文和辰光能在一起，然而這樣的想法等於默許了紀曉容的痛苦存在。

在這個世界上，沒有完全不傷害任何人就能活下去的方法，往往得或主動或被動地奪取別人所擁有的東西。

舉例來說，你被某間公司錄取，表示你很可能搶走了另一個人的工作機會；你和某個人展開交往，則表示可能某個人會因此失戀。

所以，我們應該時常懷抱感恩的心，別把一切視爲理所當然，一旦有幸獲得就該好好珍惜！

無論你是以前就看過，或者現在才第一次讀到這本書，我都非常感謝你在眾多書籍之中選擇了這本書閱讀；如果可以，希望你能告訴我你的讀後感想。倘若你早在六年前就看過這本書的舊版，並且也重新看了一遍新版，我也很希望你能與我分享你前後兩次閱讀的想法。

六年是一段很長的時光，在年齡和生活圈都改變了以後，對待愛情的態度一定也會有所改變。當我在重新修訂《愛情，你不存在》時，我看見了自己過去天眞的一面，卻也發現自己有些想法依然沒有改變。

對我來說，愛情依舊像愛情花一樣，脆弱得不堪一擊，同時，愛情的最終也許眞的只是一片黑暗。

但是，最後禹曦文與易辰光找到了守護愛情的方式。

希望你們也都能找到。

Misa

國家圖書館出版品預行編目資料

愛情，你不存在 / Misa著. -- 初版. -- 臺北市；城邦原創出版 ： 家庭傳媒城邦分公司發行, 民 108.09

面；公分

ISBN 978-986-98071-1-1（平裝）

863.57　　108014255

愛情，你不存在

作　　者／Misa
企畫選書／楊馥蔓
責任編輯／楊馥蔓

行銷業務／林政杰
總 編 輯／楊馥蔓
總 經 理／伍文翠
發 行 人／何飛鵬
法律顧問／元禾法律事務所　王子文律師
出　　版／城邦原創股份有限公司
台北市中山區民生東路二段 141 號 6 樓
電話：(02) 2509-5506　傳眞：(02) 2500-1933
E-mail：service@popo.tw
發　　行／英屬蓋曼群島商家庭傳媒股份有限公司城邦分公司
聯絡地址：台北市中山區民生東路二段 141 號 11 樓
書虫客服服務專線：(02) 25007718・(02) 25007719
24小時傳眞服務：(02) 25001990・(02) 25001991
服務時間：週一至週五09:30-12:00・13:30-17:00
郵撥帳號：19863813　戶名：書虫股份有限公司
讀者服務信箱 email：service@readingclub.com.tw
城邦讀書花園網址：www.cite.com.tw
香港發行所／城邦（香港）出版集團有限公司
地址：香港灣仔駱克道 193 號東超商業中心 1 樓
email：hkcite@biznetvigator.com
電話：(852)25086231　傳眞：(852) 25789337
馬新發行所／城邦（馬新）出版集團 Cité(M)Sdn. Bhd.
41, Jalan Radin Anum, Bandar Baru Sri Petaling,
57000 Kuala Lumpur, Malaysia.
電話：(603) 90578822　傳眞：(603) 90576622
email:cite@cite.com.my

封面設計／Gincy
電腦排版／游淑萍
印　　刷／漾格科技股份有限公司
經 銷 商／聯合發行股份有限公司
電話：(02)2917-8022　傳眞：(02)2911-0053

■ 2019 年（民 108）9月初版　　Printed in Taiwan

定價 / 270元

ISBN　978-986-98071-1-1

POPO城邦原創 www.popo.tw　城邦讀書花園 www.cite.com.tw